CB047242

A FAVOR DO VENTO

Duca Leindecker

A FAVOR DO VENTO

Texto de acordo com a nova ortografia

1ª edição: primavera de 2002
4ª edição: primavera de 2014

Capa: Marco Cena
Revisão: Jó Saldanha e Renato Deitos

ISBN 978-85-254-1198-3

L531f   Leindecker, Duca, 1970-
           A favor do vento / Duca Leindecker. – 4 ed. – Porto Alegre:
       L&PM, 2014.
       152 p. ; 21 cm.

       1.Ficção-brasileira-novela. I.Título.

CDD 869.933
CDU 869.0(81)-32

Catalogação elaborada por Izabel A. Merlo, CRB 10/329

© Duca Leindecker, 2002

Todos os direitos desta edição reservados a L&PM Editores
PORTO ALEGRE: Rua Comendador Coruja 314, loja 9 - 90220-180
Floresta - RS / Fone: 51.3225.5777
PEDIDOS & DEPTO. COMERCIAL: vendas@lpm.com.br
FALE CONOSCO: info@lpm.com.br
www.lpm.com.br

Impresso no Brasil
Primavera de 2014

Este livro é dedicado às bandas
Prize, Bandaliera e Cidadão Quem.

I

A areia batida vai em direção ao sul sem que se veja um só obstáculo. De um lado, dunas estranhas cheias de uma vegetação rala e pequenas flores sem estirpe, do outro, o grande oceano. Grande, por se tratar de um mar alto, visto de uma margem plana e sem o altar das praias de baía. Meu olhar está parado em direção ao norte. Em seu reflexo estão os mesmos vazios que se encontram ao sul. Quase quinhentos quilômetros de extensão sem sequer um pequeno rochedo que remeta àquela imagem tropical contida nos folhetos turísticos. O mar revolto não desvia meu olhar firme que permanece em direção ao norte. As águas ali não têm o azul dos outros mares, nem a simetria das ondas calmas com suas cortinas de spray. O vento é o pai desta pintura turva e também o pai das lembranças que meu olhar vê nos vazios deste lugar. Viro o rosto lentamente enquanto uma névoa de areia corre rasteira, levando alguns galhos secos sem que nada os detenha. Escuto o chamado de minha mãe vindo de um verão remoto:

– Venham pra dentro que já está tarde!!!

Ficávamos até o último raio de luz correndo por aqueles lugares, jogando taco e surfando com aquelas pranchas sem *lash*. Naquele verão eu conheci Helena.

Lembro claramente do primeiro dia em que a vi. Descia um cômoro de areia, acompanhada de suas irmãs, num trenó de plástico amarelo que iluminava, com seu reflexo, aquele sorriso absurdo. Um rosto perfeito, parcialmente coberto por cachos castanhos. O tronco precisamente encaixado e as pernas de atleta. "Pernas de atleta" é a expressão que encontro para um par de coxas fartas e panturrilhas bem-desenhadas.

– Já vamos!!

Corríamos para dentro e parávamos em frente à porta do banheiro para disputar a fila do banho. Eu não fazia muita questão de ser o primeiro, preferia dar passagem pra depois poder ficar me esfregando, enquanto aquela água doce escorria pelo meu corpo arrepiado. O banheiro era de alvenaria, apesar da casa ser de madeira. Uma casa que mais parecia um navio. Diziam que tinha sido construída por um pescador que, de fato, copiara a planta de um barco, causando a impressão de que seu espaço era maior do que sua metragem.

Agora a casa não existe mais, só sobrou a garagem onde estou hospedado. Na verdade, não estou exatamente na garagem e sim num anexo construído pouco tempo depois que a hospedagem principal foi incendiada por um grupo de vândalos. Eles colocam fogo nas casas e ficam admirando a beleza das chamas como uma obra de arte. A variação das labaredas e os estalos do madeirame incandescente, a temperatura excitante do perigo que nos leva pra longe da vida e, de remorso, nos faz senti-la tão perto.

Não sei exatamente por que vim para cá. O certo é que já estou aqui há dois dias e não tenho a menor vontade de voltar. Sinto uma intuição estranha que parece me desafiar, escondendo de mim as razões desta vinda. Como se estivesse tudo apagado e aqui, de alguma forma, ressurgissem histórias que preciso escutar. Realmente não lembro de nada recente, como os dias anteriores à minha chegada ou até mesmo os últimos meses. Está tudo obscuro além desta intuição rasa que não arrisca nenhum palpite. Olho para este mar turvo e me surpreendo ainda mais por ter voltado assim no auge do inverno.

Fico projetando o meu tamanho em relação às coisas, ao horizonte longínquo que impõe sua imensidão sobre a minha insignificante estatura, ao marisco ansioso que não se importa com a lua e se enfia areia adentro com medo de ser apanhado por alguém como eu. Que saudade dos bolinhos de marisco feitos por minha mãe naqueles verões dos anos oitenta... Lá o pensamento surgia leve e despreocupado. Tão leve que, só de lembrar, flutuo um pouco, anestesiado pela sua leveza.

Em noite de lua cheia, saíamos para o arrastão dos mariscos. A corrida iniciava junto com a onda. Sobre o véu prateado que tomava toda a praia após o recuo da maré, nos jogávamos pegando quantos mariscos as nossas pequenas mãos conseguissem carregar. Posso até sentir o gosto dos bolinhos fritados na hora em que voltávamos para casa, depois daquelas pescarias com jeito de caçada.

Já está ficando escuro e o sol não atenua mais o frio do vento. Volto o olhar para o norte e percebo que a falta de claridade já esconde a linha do horizonte, alvo dos meus devaneios. Por que, afinal, estou aqui completamente sozinho e desconectado, como se acordasse subitamente na pele de outra pessoa? Vou entrar e preparar alguma bebida quente antes que a noite se instale. Estou com os braços cruzados e não sinto vontade de fazer nada além de permanecer na calma deste balneário abandonado. Surgem, na minha cabeça congelada pelo vento cortante, flashes de uma época específica, quando veraneávamos, passeando sob o sol e as sombras da antiga casa. Foi exatamente nesta época, a segunda metade da década de oitenta, que fiz minha primeira viagem com a banda...

II

Dava para ouvir a plateia inquieta enquanto eu afinava a guitarra no set montado ao lado do praticável da bateria. O produtor me deu cinco minutos para que tudo estivesse pronto antes da entrada no palco, sem se importar com a minha dificuldade em decifrar um roteiro cheio de rabiscos e afinações abertas. Olhei no relógio os ponteiros apressados e posicionei os instrumentos ao lado dos amplificadores. A multidão gritava em coro frases indecifráveis, enquanto eu dava o sinal de o.k. para o produtor. As palavras falham quando tento narrar a sensação excitante e indescritível do momento em que uma banda de rock sobe ao palco. Independente do que vá acontecer nos instantes seguintes, tudo ali parece se transportar para uma espécie de transe.

    O show começava com um solo de guitarra. O som áspero de uma base plugada em dois JMC800 e a pegada alucinante do guitarrista não deixavam pedra sobre pedra. A batida do bumbo pulsava além dos nossos batimentos, que se aceleravam com ele. O baixo acompanhava emprestando o grave, que fazia tudo tremer nas dimensões daquele pequeno ginásio. O começo era empolgante. Depois entrava num ritmo morno até aproximadamente a décima música, onde retomava e seguia em curva ascendente até o final.

O público leva um tempo para se organizar para o bis. Existem alguns grupos na plateia que já vêm para o show com o bis ensaiado e antes que acabe o último acorde já podem-se escutar os gritos de: Por que parô? Parô por quê? Naquele dia a banda voltou ao palco duas vezes e, fora um prato que despencou do praticável da bateria, não precisei entrar em cena para ajeitar nada.

A minha estreia foi tranquila. Trabalhar como *roadie* não chegava a ser algo muito complicado, claro que ser um "bom" *roadie* era bem mais difícil. Eu me desconcentrava um pouco por ser tão fascinado por aquele mundo da música. Os acordes me tocavam na alma e o ritmo me chapava. Consegui o emprego através de um conhecido que fazia tempos falava sobre a banda e era amigo de infância dos caras. Quando souberam que eu estava de bobeira e que tocava um pouco de guitarra, resolveram me chamar.

É indispensável para um *roadie* que, pelo menos, saiba afinar um instrumento, apesar da existência do afinador eletrônico. O aparelho indica a tensão correta de cada corda com a mais absoluta precisão, enquanto o *roadie* entra com a velha conferidinha escorando o corpo da guitarra no pé do ouvido. É quase sempre assim. Naquela minha primeira noite, recolhi os instrumentos e fiquei no camarim observando o entra e sai dos fãs. Apoiada no marco da porta do banheiro, estava uma menina com algumas tatuagens e anéis em todos os dedos. Reparei que seu rosto parecia bem pálido e suas expressões traduziam mais do que uma simples indisposição. O baixista olhou para mim com uma cara de malandro, levantou-se de onde estava sentado e, caminhando lentamente em direção a ela, sussurrou:

– Só nóis subemo u que fazemu cum as capivara – numa linguagem chula, imitando os gaudérios do Taim e rindo com o canto da boca enquanto eu continuava sentado em frente ao espelho com os olhos atentos a todas as coisas.

Os dois conversaram por algum tempo. A menina, apesar da palidez, deu a maior bola pra ele, que falava e gesticulava com ares de galã paraguaio. Os dois se aproximavam progressivamente. No reflexo do espelho, percebi que entrava no camarim uma mulher alta e bem-vestida. O produtor foi o primeiro a recebê-la, cedendo sua cadeira para que ela sentasse. Todo tipo de gente entra no camarim depois do show, adolescentes com seus *piercings*, entre empresários e políticos. De canto de olho, voltei a atenção para a amiga pálida do baixista que, revelando as razões da palidez, ensaiou a primeira golfada. Ele olhou com olhos de surpresa sem que seu reflexo o livrasse da segunda e definitiva golfada. O vômito se espalhou por todo o ambiente. Até a contratante recebeu um pouco daquela poção em seu vestido de seda e nos seus sapatos de couro de cobra.

O mais fascinante de estar viajando com uma banda de rock é o clima das pessoas que se envolvem com a estrada. Assim que a menina contemplou o camarim com aquela coisa escatológica, todos enxergaram na cena uma situação divertida, apesar da repulsa que aquele vômito causava. Existia uma espécie de magia que envolvia aquela gente, como se nada lhes faltasse e tudo estivesse devidamente preenchido pelo simples fato de estarem juntos por uma razão voluntária e pela vontade de viver a música em cada gesto, em cada acontecimento.

– Alguém leve esta guria pro hospital! – falou o produtor, preocupado com a indisposição dela.

Em pouco tempo ela estaria bem. Dava pra ver que não passava de uma bebedeira à toa. O baixista ajudou, colocando a mão em sua testa, enquanto o guitarrista não parava de rir. Eu permanecia observando com os olhos cada vez mais arregalados, sem esquecer das minhas obrigações com o equipamento. Assim que tudo voltou ao normal, comecei o transporte dos instrumentos para dentro do ônibus, enquanto, do camarim, ouviam-se as últimas risadas daquela cena.

III

Já está frio pra ficar aqui fora olhando para este oceano irritante e estes passarinhos desumanos. Meus passos estão no rastro de um animal qualquer que passou por aqui num vai e vem que, às vezes, se perde no recuo da onda. Preciso descobrir se tem alguém na casa de Helena. Muitas vezes os veranistas deixam luzes acesas durante o ano todo para que os assaltantes pensem que tem alguém em casa. O portão continua emperrado e a grama já começa a ficar úmida com o cair da noite que me obriga a entrar e preparar um café. Não temos televisão na casa da praia e eu estou achando ótimo. Minha mãe dizia que a televisão só serve para desconectar as pessoas umas das outras, ao contrário do que dizem afirmando que a televisão é um instrumento de ligação com o mundo. Pra saber se ela tinha mesmo razão, preciso pensar sobre o que representa o mundo para mim. Agora meu mundo é este pedaço de grama que vejo através da minha janela, é a provável presença de Helena na casa ao lado, o copo de "General" que está sobre a geladeira e que tanto me lembra meu pai. Ficávamos até tarde sentados à mesa jogando os dados e anotando os resultados no papel do pão, entre as piadas dos adultos e as nossas molecagens.

Quando perguntávamos para minha mãe o porquê de não levar a televisão para praia, ela respondia:

— Se o Sérgio Chapelin entrar por uma porta, eu saio pela outra.

Agora entendo melhor o que ela queria dizer com aquilo. À medida que o tempo passa, vamos nos adaptando a novas realidades e percebendo o real valor de tudo que um dia nos foi dito. Até as coisas mais absurdas apresentam algum significado com o passar do tempo. O tempo dá condições para que possamos compreender, nos dá distância para que possamos enxergar o que de perto é, quase sempre, invisível.

O café ficou meio amargo. Lá fora não há mais um pingo de luz e eu certamente não terei sono depois desta xícara tão forte. É bom sentar aqui na varanda e olhar para o passado que desfila nos cantos desta praia. Quanto ao futuro, sei que alguma coisa me perturba e sei também que não é o momento de preocupar-me com ele. O importante é permanecer aqui, na paz do meu retiro, e quem sabe reencontrar Helena. Relembrar as brincadeiras e, principalmente, as minhas aventuras com aquela turma que, em muitos momentos, era tudo que eu tinha...

IV

Depois de quase um ano de turnê, eu comecei a sentir algumas das partes nem tão boas de se estar na estrada. Saímos às nove horas da manhã, sendo que o horário marcado era às seis e que dez para as seis eu já estava em frente à casa do Beto, o baixista, onde nos encontrávamos para as saídas. Obviamente, a razão do atraso foi a chegada escalonada dos músicos.

O primeiro a chegar foi o Nando, o baterista, um cara magro e de cabelo curto montado numa CB400. Aquela moto era o máximo. Por incrível que pareça, o produtor demorou a chegar e ocupar a segunda posição. Eu custei um pouco pra entender exatamente o que fazia um produtor numa banda de rock, mas logo saquei que era o cara que cuidava da grana e ficava dando esporro em Deus e todo mundo. O nome dele era Monteiro, "Urtigão" para os íntimos, um cara invocado. A esta altura, já eram mais ou menos oito e vinte da manhã, e eu, depois de carregar todo o ônibus com aquele monte de amplificadores, guitarras e a bateria, sentei em frente à casa e fiquei bem quieto só escutando o que eles diziam.

Os caras eram muito mais velhos do que eu, o mais novo era o Tito, tinha vinte e oito anos contra os meus pomposos dezesseis. Ele andava sempre com um lenço amarrado no pescoço e um colete estilo Keith Richards. O Tito chegou abraçado no Preto, o vocalista. Era óbvio que os dois estavam de chegada e não de saída. Nos rostos, podia-se ver as olheiras de uma noite em claro e a displicência dos movimentos coreografados pelo álcool.

— E aí, Silverclei, vamo nessa! — falou o Tito, inventando mais um nome estranho ao som da língua enrolada.

Eles tinham a manha de ficar inventando nomes pra tudo e pra todos. É claro que ninguém ali se chamava Silverclei, mas que era engraçado, era.

Logo desenvolvi algumas técnicas para dormir no ônibus. A que mais funcionava era a de usar três bancos, deitando na diagonal e colocando os pés na poltrona além do corredor. Quando os braços eram móveis, eu me sentia quase numa cama de verdade. O problema maior era obstruir a passagem do corredor e ser acordado no meio do sono por um "Silverclei" alucinado caindo em cima de mim após um pulo frustrado sobre as minhas pernas.

Naquela viagem não consegui dormir, fiquei o tempo todo ligado. No início, eu achava estranho aquela fumaceira toda. O ônibus parecia uma sauna de maconha, entre outras drogas. Eu fiquei na minha e em pouco tempo já estava achando tudo normal. Não era a primeira vez que eu via alguém usar drogas. Na escola, os amigos mais inseguros experimentavam de tudo na esperança de se diferenciar de alguma forma. Uma vez um colega que se chamava "Cachorro" fumou bosta de vaca achando que era maconha e depois ainda pagou o mico de dizer que estava chapado. Naquele ônibus, certamente não era bosta de vaca o que eles fumavam e de forma nenhuma eles se pareciam com o "Cachorro".

A viagem não acabava nunca, aquele pampa todo passando sem parar, o céu ora nublado ora ensolarado, os vendedores de beira de estrada, os papos engraçados que atenuavam um pouco aquela espera. Eu recostava a cabeça no vidro e ficava sonhando acordado. Naquela época, eu estava no auge do meu amor platônico por Helena.

Chegamos na cidade às seis horas, com três de atraso, e fomos direto para o clube onde seria o show. Normalmente, os shows eram realizados em clubes ou danceterias. Fiquei lá com o pessoal da equipe técnica enquanto a banda foi para o hotel descansar. Não nos avisaram que teria uma banda de abertura naquele dia. Só ficamos sabendo depois de colocar o equipamento no pé da escadaria que levava ao palco. Na verdade, ouvi o comentário vindo de dois caras que passaram por mim e foram em direção ao bar do clube. Eles usavam umas roupinhas anos sessenta e aqueles cabelos de Beatles na primeira fase. De repente, e antes que os dois chegassem até o bar, ouviu-se um grito que veio de dentro da sala da administração onde o Monteiro procurava o responsável pelo evento daquela noite.

– Quem é que inventou esta história de banda de abertura? – esbravejou o Monteiro, numa entonação nada simpática, dirigindo-se ao contratante.

– Fui eu – respondeu o contratante com a voz firme. Eu recém estava conhecendo o nosso produtor e não tinha a menor ideia do que ele era capaz.

– Pois pode pegar essa tua banda e ir pra casa do caralho porque no nosso palco ela não sobe – disse, já botando o dedo no nariz do contratante.

Eu não acreditei, olhei pro carregador que estava comigo com uma expressão de espanto, enquanto o Monteiro partia pra cima do cara. Alcinho, o nosso operador de som, já o conhecia muito bem, pois estava segurando a fera antes que acertasse o primeiro soco. Eu nunca poderia imaginar que ele tomaria tal atitude sabendo que o responsável era o próprio contratante. Achei que ele colocaria o rabinho entre as pernas e ainda acharia uma ótima ideia a história do show de abertura. O cara não acreditou e, com uma feição estranha, pediu que levassem o Monteiro embora.

– Tirem esse doido varrido daqui!

Nós continuamos montando o palco e ligando os amplificadores enquanto aquele bafafá se resolvia.

A montagem dos equipamentos é tão excitante quanto o próprio show. Quando a gente chega, tudo ali parece sem graça. Normalmente, é um clube com aquela cara de aniversário de quinze anos, decorações caretas e uma luz fria. Aos poucos vão sendo montadas as torres, empilhadas as caixas de P. A., os panos do cenário, os instrumentos, monitores, cabos, toda aquela parafernália que nos faz sentir como se estivéssemos dentro de uma fábrica de música, ou numa nave espacial que viajará exatamente na velocidade do som.

Longe dali, o Monteiro dirigia-se para o hotel, depois da briga no clube. Era um hotel bem simples, daqueles que a gente apelidava de "Espelunca Palace". Na chegada, ele entrou no saguão com aquele jeito nervoso. Monteiro estava sempre ansioso por alguma coisa, e tenho certeza que, na maioria das vezes, nem ele sabia ao certo do que se tratava. Depois de fazer o *check-in* e ainda bastante inquieto, resolveu dar uma interfonada pra falar com alguém da banda...

– E aí, Preto, qualé?

– Cara, pinta aqui que tem um lance do bom pra gente. Corre! – falou Preto, com o queixo travado.

Monteiro subiu as escadas para o andar superior em passo apressado até o quarto 202.

Toc, toc, toc...

– Abre aí cara! – falou, impaciente.

O rosto já estava escorado no marco da porta quando a fechadura se abriu. Não foi o Preto que levantou pra atender a porta e sim um magro com botas cobertas por uma calça de boca justa, um *blazer* preto e um cabelinho estilo Beatles na primeira fase.

– Entra aí, Urtiga, que eu quero que tu conheça o cara que tá fazendo uma "presa" pra nós e que vai rolar um som com a gente hoje à noite – falou o Preto já com gestos de camaradagem, sentado na cama em frente ao espelho.

Na mesa estavam umas seis carreiras de cocaína ao lado de uma mufa de maconha. Monteiro parou um pouco... olhou para o Paul MCartney *cover*, olhou para o Preto, retornou o olhar para o Paul e subitamente envolveu o cara no maior abraço do mundo, com direito a um pequeno choro emocionado.

– Tu é o cara! Te prepara pro melhor show da tua vida!

Fui para o hotel assim que acabamos a passagem de som, depois de ajudarmos na colocação dos equipamentos da banda de abertura. Os caras eram muito estranhos, pareciam estar sempre em um outro plano. Um deles era a igual ao Larry dos "Três Patetas", e o baixista tinha mania de ficar o tempo todo tirando ranho do nariz. Eu achei muito engraçada a cena do Monteiro voltando para o clube abraçado num dos caras da banda que ele havia, a poucos instantes, execrado.

O período que existe entre a passagem de som e o show é sempre meio angustiante. Rolava aquela expectativa da espera pelo público, o stress de um possível calote e a insegurança momentânea que precedia cada desafio daquela banda que eu já estava aprendendo a me sentir parte. Existia alguma coisa de inexplicável no jeito contagiante com que eles faziam aquela música. Eu ficava observando a forma com que eles se relacionavam, as gírias inventadas de tempos em tempos e a percepção que tinham da vida como um grupo de nômades dando tudo de si por cada momento. Certamente o fato de darem tudo de si por cada momento explica o jeito contagiante a que me referia.

Estávamos vivendo os anos oitenta. Foi a época em que o rock brasileiro deu um *boom*. Milhares de bandas surgiam em todos os cantos do país e a juventude vivia e via no rock a trilha sonora perfeita para a abertura política aguardada há mais de vinte anos. Brasília era o cenário dessa abertura e de lá surgiram várias bandas que acabaram simbolizando este processo. Aqui no RS, tínhamos um mercado próprio e independente. O clima frio, como o dos países que foram o berço do rock, nos levava mais fundo na vontade de esquentar cada cidade que encontrávamos.

Montei meu *set*, como sempre, ao lado do praticável da bateria. O show de abertura preparou o público, que veio em peso, com cartazes e discos nas mãos. A banda estava no segundo disco, com um single estourado em todas as rádios do estado. Desta vez, antes mesmo que o show acabasse, o público já pedia o bis, numa energia única.

A emoção de presenciar as pessoas unidas por um mesmo propósito, por algo que surgia da espontaneidade de cada rosto, me fazia ter certeza de que estava no lugar certo. Meu corpo, atento, sentia a vibração das frequências graves sem um piscar. Quase no final do segundo bis tive uma prova de fogo. Percebi que o banco do baterista estava aos poucos escorregando para trás e que em alguns instantes cairia praticável abaixo. Corri, ainda meio em transe, e coloquei meu corpo pressionando o banco, que já começava a cair. Monteiro viu e correu para me ajudar. Senti que eu fazia parte daquilo tudo, o que aumentava ainda mais a excitação que vivia a cada novo show. A última música acabou ao som das vozes dos fãs mais eufóricos e, assim que a luz acendeu, corri para organizar tudo.

No camarim, repetia-se o mesmo ritual dos outros shows, sendo que a presença da banda de abertura dava um tom engraçado para aquele encontro, principalmente pela quantidade de bebida que eles já haviam consumido. O Monteiro e o Larry andavam colados um no outro, enquanto a banda dava autógrafos, entre outras coisas. Foi naquele show que eu comecei a conhecer melhor cada um. O Alcinho, por exemplo. Era incrível como ele não deixava transparecer sua verdadeira relação com a bebida. Doença seria uma definição mais apropriada. Tive certeza disso quando, na viagem de volta, paramos para tomar um lanche em um boteco na beira da estrada. Eram nove e meia da manhã e, recostado no balcão, Alcinho pediu com a voz meio trêmula:

– Me dá quatro dedo di pinga e dois ovo em conserva.

Aquilo quase me fez vomitar. Como é que o cara pede quatro dedos de pinga e dois ovos em conserva às nove e meia da manhã, depois de uma noite maldormida e uma viagem que estava apenas começando? O pior é que ele tomou e ficou melhor. Ele bebia mesmo.

Aquela volta pra Porto Alegre foi a coisa mais estranha do mundo, e os caras da banda de abertura acabaram voltando no ônibus com a gente. As poltronas pareciam macas para sobreviventes de guerra. Estavam todos atirados numa semissonolência traduzida em rostos com expressões de azia. Eu recostei a cabeça no vidro como de costume e tentei dormir também. Olhava os gramados que passavam sem descanso e as árvores distantes que ficavam por mais tempo comigo. Fui adormecendo ao som de uns cochichos estranhos...

...o céu estava azul, algumas poucas nuvens passavam lentamente enquanto um jato deixava seu rastro em duas listas brancas e levemente curvas. Voltei o foco um pouco mais para baixo e pude ver que o verde estava mais verde do que jamais havia visto. Não sentia mais o balanço daquele movimento, agora sim eram as coisas que se moviam a minha volta. Sobre o gramado, flutuava um pequeno objeto amarelo muito distante e que de tão distante era indecifrável. Ouvia vozes de crianças que aos poucos iam ficando mais e mais altas e graves, numa transformação insólita. Das vozes já adultas comecei a ouvir gritos histéricos e barulhos de briga. Senti um solavanco e retomei os sentidos encontrando ali, no ônibus, uma atmosfera ainda mais insólita.

Monteiro estava aos socos com o Larry, perto da cabina do motorista, enquanto Preto tentava, sem sucesso, apartar. Eu não entendi nada, o fato é que o ônibus parou e o cara saiu rolando porta afora. O mais engraçado desta história toda é que os companheiros do Larry continuavam dormindo, sem sequer tomar conhecimento do que se passava. Eu olhei para a rua e tentei identificar o local onde tínhamos parado. Queria saber o quão longe ainda estávamos de Porto Alegre. Vi uma grande fábrica e achei que estivéssemos em Canoas, onde o Larry facilmente poderia pegar um táxi. Alguns minutos depois, reparei que não era Canoas e que ainda estávamos a mais de duzentos quilômetros de distância. Não dava pra acreditar na loucura que estava rolando ali. Os caras nem levantaram para defendê-lo. Resolvi ficar na minha por achar que estávamos próximos de Porto Alegre e por não fazer a menor ideia das razões daquela briga. Até hoje, não entendi muito bem o que rolou naquela viagem, mas não esqueço que, por muito tempo, sempre que passávamos por algum andarilho perdido pelo acostamento da estrada, alguém levantava e dizia:

– Ih! Olha lá o Larry!!!

V

Estou com frio nos pés. Aqui na praia, a umidade vem com a maresia e castiga os loucos que como eu resolvem voltar no inverno. Não tem mesmo ninguém na casa de Helena e, pelo estado do gramado, não faz muito que estiveram por aqui. Na verdade, é impossível fazer qualquer previsão, pois existem muitos caseiros que mantêm as casas em ordem, com o gramado bem-aparado, sem que os donos apareçam por meses. Acho que estou meio maluco mesmo. Fico aqui nesse frio antártico esperando alguém que está mais na minha imaginação do que na vida real e ainda por cima me ouvindo dizer esse monte de bobagens.

Já estou na cama. A noite caiu há algum tempo, depois de um pôr do sol denso com nuvens quase pretas no encontro do céu com o oceano. O momento que precede o sono certamente esconde muito do que julgamos incompreensível, como um estado de preparação para algo sagrado ao qual damos pouca importância. Certamente algo inquestionável como a necessidade do oxigênio, ou do alimento. O sono é bem mais do que tudo isso. É uma conexão com o outro lado. Pode ser um outro lado distante ou não, uma realidade palpável ou não. A minha impressão é que pertencemos mais ao lado de lá do que ao lado de cá e que um dia acordaremos lá, muito mais leves e despreocupados.

Agora estou aqui nesta cama gélida, tentando transferir todo o calor do meu pesado corpo para esta coberta fria e sem vida. Não sinto vontade de dormir e acabo sendo obrigado a escutar tudo que me vem à cabeça. Luto contra mim mesmo nessa tentativa frustrada de me desconectar do próprio pensamento. Quanto mais eu tento, mais altas são as vozes que me importunam e não me deixam relaxar. Alguém passeia pelos meus devaneios em conversas intermináveis sem que eu crie mais do que apenas uma vaga familiaridade.

Nunca peça para alguém relaxar quando você realmente precisar que ela relaxe. Nada deixa a gente mais nervoso do que este pedido.

– Calma, calma... – digo para mim mesmo após uma leve exaltação, trocando de lado duas vezes consecutivas.

A técnica dos carneirinhos é a coisa mais ridícula que eu já ouvi e tão irritante como o pedido de relaxamento. Na verdade, quando estou nessa situação só tenho uma saída: lembrar ou projetar as coisas da minha vida. O tempo passa e a gente acaba não parando pra reavaliar tudo que rola e os caminhos que a gente toma. Não consigo dormir porque no fundo não quero mesmo, preciso lembrar de algumas coisas antes que eu desista do dia de hoje. No teto, não vejo luzes nem reflexos. Aqui a noite é realmente escura. Quase tão escura como a noite em que eu peguei pela primeira vez na mão de Helena...

... foi um *blackout* que apagou grande parte do litoral gaúcho naquele verão de oitenta e dois. Provavelmente em função do excessivo consumo de energia que estes pequenos municípios têm na época em que Porto Alegre fica às moscas e o litoral se transforma num formigueiro. Nós estávamos sentados no muro que divide os nossos terrenos. Um muro todo branco e com um reboco salpicado. As luzes se apagaram de repente e, como estávamos muito próximos, nos demos as mãos num misto de medo e carinho. Senti que o universo conspirava a meu favor naquele momento e não hesitei em ir um pouco adiante, tentando abraçá-la. Ela, acho que por medo de mim, além do escuro, saiu correndo e gritando:
– Dalva!!! Dalva!!
Dalva era o nome de uma gata siamesa que ela carregava para todo o lado e que vivia cagando por todos os cantos daqueles dois terrenos.
Naquele dia, a luz voltou mais ou menos meia hora depois que iniciou-se o *blackout* e, assim que reacenderam-se as luminárias da casa de Helena, corri até lá para convidá-la a voltar. Não esqueci de levar a viola em punho, deixando claro que estaria, dali em diante, com as mãos ocupadas. Voltamos juntos, sem parar no muro onde estávamos antes do *blackout*. Na varanda da "casa-navio", tínhamos um banco que meu avô construiu com

sobras de madeira e que servia para nossos encontros eventuais. Eu me exibia colorindo aqueles namoros com algumas músicas que havia aprendido ao violão. Entre as músicas que tocava, estavam algumas da banda que seria pra mim uma espécie de segunda casa.

VI

Alguns dias depois daquela viagem em que deixamos o Larry na estrada, lá estava eu sentado novamente em frente à casa do Beto, depois de carregar todo o equipamento para dentro do ônibus. Era sexta-feira e o primeiro a chegar foi o Tito; claro que o horário de saída colaborava para a pontualidade: duas e meia da tarde. Ele me surpreendia, todos eles eram muito bem-humorados. Aquele tipo de gente que olha pra ti e tu já começa a rir. Pessoas que vieram para a vida pra se divertir, rir da cara dos outros e de si mesmos. Eu nunca consegui ser muito assim, não por falta de vontade, mas sim por falta de habilidade. Não me esqueço do dia em que ouvi a piada mais engraçada da minha vida, nem preciso dizer que foram eles que me contaram. Da piada eu não lembro, mas do efeito eu não esqueço. Fiquei totalmente sem ar. Senti aquela dor, como se o ar do pulmão tivesse se deslocado para o meio das costelas. Cruzei os braços apertando o peito para tentar atenuar a sensação que me dominava. Quanto mais eu tentava fugir, mais eu piorava. Lembro que eles me deitaram no chão e ficaram sacudindo as minhas pernas pra ver se eu conseguia respirar, mas até isso fazia aumentar a graça. Sacudir as pernas de alguém que está tendo um ataque de riso é algo ainda mais engraçado do que o próprio ataque ou a piada que o desencadeou. Eu só melhorei depois que fiquei a uns cem metros de distância deles.

Da janela, eu via os gramados passando e, com a cabeça recostada no vidro, ficava cantarolando baixinho alguma coisa ao som do que o Tito levava no violão. A gente passou a conversar mais à medida que eu fui fazendo parte daquela turma:

– E aí, Tito, e a mulherada? – perguntei, só pra não esquecer desta pergunta obrigatória.

– Agora eu não quero mais saber dessa história de mulherada, eu amo a minha mulher e não vou mais ficar fubangueando, chega. Tu sabia que eu larguei o baseado? – falou com uma cara séria e com uma voz suave, usando aquele tom de confessionário.

– Pô, cara, que legal que tu tá nessa! Eu nunca falei nada, mas tu tava mesmo exagerando.

– É, agora eu vou ficar na minha.

A viagem continuou bem calma. O Monteiro não tinha nem comentado sobre onde seria o show daquele fim de semana, eu só sabia que era perto e que desta vez não haveria banda de abertura.

A chegada foi foda. Não era clube nem danceteria, era um bar na beira da estrada a quinze quilômetros de Arroio dos Ratos, um município numa região não muito distante de Porto Alegre. O primeiro a descer foi o

Monteiro, que pediu que ficássemos no ônibus até que ele voltasse. Sentimos que algo estava estranho, aquele lance tinha a maior cara de "caça-níquel", ou seja, aqueles shows que a banda fazia sem as condições mínimas, só pra levantar um troquinho quando a coisa estava meio feia. Olhei para o Beto e vi que ele já estava ficando inquieto. O Preto começou a andar no corredor do ônibus sem parar até que o Nando se levantou e saiu caminhando em direção ao boteco em que o Monteiro havia entrado.

A fachada era toda de madeira descascada e, para que chegássemos a uma distância em que isto se tornasse perceptível, era preciso atravessar uma vala que dividia a estrada do passeio. O marco da porta de entrada era pintado de amarelo-ouro com aquele capricho peculiar a quem pinta por cima das maçanetas e fechaduras. Em cima desta porta, que media mais ou menos uns três metros de altura, ficava o símbolo do bar: uma grande cuia de chimarrão com uma guitarra servindo de bomba; tudo isso, provavelmente, pintado pelo mesmo artista que tinha pintado a porta. Na entrada, havia um pequeno corredor demarcado por uma corda, onde um brutamontes esperava com os braços cruzados e uma cara de buldogue.

Nos aproximamos do lugar seguindo as pegadas do Nando que, sem pensar muito, foi em passos firmes lá pra dentro. O bar já estava cheio de gente, era do tipo que fica o tempo todo aberto com mesas de sinuca e máquinas de fliperama. Nós já havíamos chegado havia algum tempo e deviam ser lá pelas cinco e meia da tarde, horário em que, no inverno, já começa a anoitecer. Assim que o Monteiro nos viu, veio reto em nossa direção:

— Eu falei pra vocês ficarem no ônibus, vocês são foda! Cadê o Tito? — falou, com aquele jeito de Urtigão.

Eu não havia reparado que o Tito não tinha descido junto.

— Está no ônibus — falou o Preto, chutando.

— A coisa tá complicada. O cara é um baita dum grosso e o equipamento que ele disse que tinha, não tem. Vamo lá que eu mostro pra vocês — falou o Monteiro já com a voz exaltada.

O esquema da aparelhagem de som era feito assim; ou o cara contratava empresas de sonorização da nossa preferência ou ele apresentava uma relação de equipamentos que preenchessem as necessidades da banda. O problema era quando os caras mentiam dizendo ter o equipamento que na verdade não tinham.

Entramos no salão onde se realizaria o show e lá estava o equipamento: um sistema Gradiente de som caseiro com oito caixas de "três em um" empilhadas no canto do palco. Nos olhamos com aquele olhar de perplexidade, enquanto o Monteiro voltava correndo para dentro do bar pra começar o que a gente chamava de solo:

— Seu filho da puta, tu tá pensando que a gente é criança? Me dá minha grana que eu quero sair logo dessa espelunca!! — dizia, com o dedo na cara do contratante.

Não dava pra acreditar que o Monteiro tinha a pretensão de sair com a grana. Eu já estava me dando por satisfeito se a gente saísse na boa sem tocar, e o cara tava lá, com o dedo em pé, chamando o outro de filho da puta dentro da casa dele. Pouco antes daquela viagem, o Tito me contou que o Urtigão não era assim totalmente à toa. Antes de se tornar produtor de bandas de rock, o Monteiro tinha sido inspetor da polícia civil onde, certamente, desenvolvera este trato. Nós estávamos com os nervos à flor da pele. O Monteiro era louco, os caras podiam acabar com a gente naquela beira de estrada. Olhei pros lados pra ver se achava o Tito, sem sucesso. A cena se armou depois que o Monteiro partiu para a ignorância.

– Tu acha que tu me intimida com esses teus capangas? Eu vou fudê com a tua vida. Tu não me conhece!!

– Monteiro falava, sem parar, pro contratante.

É impressionante o poder que tem uma pessoa possuída por suas convicções. Naquele momento, tudo que se via ali era fé, sim, muita fé. Um cara de um metro e sessenta, com pouco mais de cinquenta quilos, debruçado no ombro de um brutamontes pra colocar o dedo no nariz de outro e ainda por cima chamar o cara de tudo sem uma sombra de medo? É claro que também podemos classificá-lo na categoria doido varrido, mas é melhor acreditar na fé.

A briga se estendeu por mais alguns minutos, até que o contratante olhou para um dos seguranças e pediu que ele fosse até os fundos do bar para buscar alguma coisa. Nós gelamos. O Alcinho pegou o Monteiro pelo braço e falou:

– Vamos cair fora antes que a coisa piore.

Claro que a primeira coisa que passou pela nossa cabeça foi que o capanga voltasse com um revólver ou algo do gênero. Eu não estava acreditando naquele bafafá, já podia imaginar a cena do cara fazendo a gente tocar à força e de graça. Senti um cutuco no braço e percebi que o Preto me chamava atenção para o pacote que o capanga trazia. Não deu para acreditar quando o Monteiro pegou o pacote...

– Agora tá tudo certo! – falou o Monteiro pra que todos ouvissem, já saindo pela porta e fazendo sinais para que saíssemos também.

Entramos no ônibus sem sequer notar a vala que precisávamos pular para chegar até ele. Nem acreditei que estávamos lá.

– Puta merda!! Onde é que tá o Tito? – o Urtigão perguntou aos berros.

– Eu podia jurar que ele estava aqui – falou o Preto já olhando pra mim e gesticulando para que eu fosse à procura dele.

Saí correndo e voltei como um flash pra dentro daquela espelunca. Olhei por cima e não vi nada até parar perto do banheiro e ouvir uns gemidos que vinham da porta do WC feminino.

– Ahh, Tito... – dizia uma voz de mulher.

Abri a porta do banheiro e não acreditei. O mesmo cara que havia jurado não mais pular a cerca estava agarrado numa morena horrorosa.

– Cara, vamo nessa que a galera tá loca contigo! – falei, achando que ele sabia o que se passava.

— Calma, Silverclei. Ainda tem tempo pro show.
— Não vai mais ter show — falei, enquanto já ia pegando ele pelo braço.

Os olhos daqueles capangas nos fitavam com a intensidade de uma bomba enquanto saíamos daquele pardieiro. À medida que íamos nos aproximando da saída, Tito tomava consciência da roubada de que estávamos escapando enquanto eu, inconformado, rezava pra sair dali pela segunda vez. Ao cruzarmos o feixe de luz que ainda traçava o limite da porta, saímos em disparada até o ônibus, que já nos esperava com a primeira marcha engatada.

Na viagem de volta, de cinco em cinco minutos alguém gritava;
— Palmas pro Monteiro!!
E todos repetiam, ovacionando-o.

VII

Tudo está colorido como em uma aquarela. Vejo ao fundo uma janela que se confunde com a névoa em que me encontro. Dentro da peça e através da janela vejo um quadro onde um olho flutua. Sinto que estou pelado e agora estou mesmo e totalmente nu. Tenho a sensação de que todos me enxergam na máxima exposição de se estar sem roupas em plena rua. Procuro tapar as partes íntimas, mas sei que já estou exposto demais. Começo a correr e minhas pernas se arrastam, ao contrário da minha vontade, que implora para que corram. Fazendo força para mover-me, sinto o peso da coberta que não cobre mais meus pés e abro aos poucos os olhos embaralhados por uma noite esquisita. Não é a primeira vez que sonho estar pelado na rua. A propósito, tenho lembrado dos meus sonhos com mais frequência.

 O relógio marca nove e quarenta. Levantando um pouco mais o rosto, posso ver os raios que o sol traça anunciando o clima confortável de um dia sem a manta cinza que esconde o céu claro e acolhedor do inverno. Fico mais animado assim, com essa claridade toda. O som dos pássaros toma o ambiente e, assim que abro a porta, sinto a energia que está no ar.

Um carro estacionado no pátio da casa de Helena confirma meu pressentimento. Não tem ninguém por perto, mas o porta-malas está aberto e a porta da garagem também. Começo a acreditar que existem razões cósmicas para minha presença aqui. Uma conspiração astral para reencontrar Helena. Quais são as chances de reencontrar uma paixão da adolescência depois de tanto tempo, numa semana distante do veraneio e particularmente fria? Parece ter algo no ar. Posso escutar alguma coisa de onde estou, mas vou me aproximar um pouco mais do muro onde ficávamos naquelas noites de verão. Será que ela está acompanhada? Em um verão, acho que um dos últimos que me vêm à lembrança, experimentei pela primeira vez a dor da frustração e da possessividade...

... era tarde e já estávamos fazia algum tempo no centro, onde passeávamos entre os fliperamas e o pequeno parque de diversão. Eu andava com amigos, mas vigiava Helena em cada passo seu. Por ora, estava no parque olhando quem acertava o tiro ao alvo com aquelas espingardas de pressão desreguladas e estorricadas por rolhas gastas, e descuidei um pouco de onde ela estava. Após algum tempo admirando aqueles tiros tortos, saí despreocupado pela rua lateral. Quase chegando no final da rua, vi Helena escorada em um carro envolvida pelos braços de outro. Meu coração quase parou de tão inconcebível a visão que eu tinha. Não cabia nos meus pensamentos esta possibilidade tão comum. Continuei, desviando o caminho para a esquerda até entrar em uma saída alternativa, onde consegui correr em direção ao fim do mundo. Acho que corri uns dez minutos sem parar, até sentir aquela dor no baço que me obrigou a sentar em um pequeno cercado de madeira em frente a uma casa típica do Pinhal.

É difícil falar sobre as razões daquela dor. Certamente projetava em Helena todas as minhas expectativas sobre o amor, um sentimento ingênuo de quem vê na pessoa amada a única vertente de felicidade. O ser imaginário que aos poucos vamos conhecendo e que por ser idealizado acaba sempre tão distante das nossas projeções. Que frustração, aquela desgraçada...

Não precisei de muito tempo pra voltar a falar com ela durante aquele verão; aliás, quando somos mais novos, temos mais facilidade de perdoar e relevar nossos caprichos. Aquela corrida em direção ao fim do mundo bem que me marcou e parece que muitas vezes ainda sinto a mesma vontade. Vontade de correr sem parar, correr até me ultrapassar no vazio da mais simples desilusão.

Estou vendo agora que há mesmo alguém dentro da casa e posso ver até a cor do casaco. Preciso pular o muro, mas está difícil de apoiar o pé direito na pedra que serve de apoio.

– Cuidado, esta pedra está em falso! – um grito se ouve de dentro da casa.

VIII

Estava tudo escuro, aos poucos fui enxergando uma luz distante a uns três metros acima de onde eu permanecia deitado. A luz entrava por um buraco onde percebi uma imagem impressionante, a imagem de Jesus, exatamente como nos retratos das igrejas: cabeludo, aproximadamente trinta anos, branco, magro. Fiquei absolutamente impressionado com aquela transição tão idílica. O fato é que havia rock'n roll ao fundo, uma batera acompanhada por um baixo pulsante numa levada instrumental daquelas que estava acostumado a sentir nas viagens com a banda. A luz que entrava pelo buraco não me deixava ver as feições exatas do rosto que me observava. Aos poucos comecei a notar que Jesus me estendia a mão e perguntava:

– Tu tá legal, *brother*? Fala alguma coisa! Oh, Silverclei!!!

O buraco começou a aumentar de tamanho, como que rasgado por alguém que estava ao lado dele. Lá identifiquei equipamentos de iluminação e caixas de som.

– Levanta, cara!

Fui então retomando os sentidos e a lembrança dos acontecimentos surgiu em rebobinagem rápida, do ponto onde tudo havia começado... ...o show era em Garibaldi, uma cidade que tem uma pista de ski. Na chegada, montei o equipamento como de costume e percebi que o palco era bastante alto e que haviam construído laterais com um material que parecia alvenaria, reduzindo o seu tamanho. Por trás deste espaço criado com estas paredes móveis, ficavam os camarins e os escritórios. Durante a passagem de som, ouvi alguém da banda comentar sobre o material, que era na verdade gesso, mas estava muito atarefado cuidando do cabo da guitarra que fazia um ruído danado.

O show começou quente, o clube lotado e eu ao lado do praticável da bateria, no meu lugarzinho de sempre. De repente, o Beto olhou pra mim e começou a fazer sinais com os olhos. Ele estava apavorado apontando para o amplificador, de onde saía fumaça. Corri por trás da batera e quando cheguei no equipamento dele, as faíscas já começavam a incendiar o cabeçote, que subitamente parou. Tirei o cabo de força da régua de AC e pluguei o "P10" no *direct box* sem vacilar. Fiz tudo aquilo em menos de vinte segundos. A galera nem percebeu. Preto continuou cantando e nem ele viu o que havia se passado. Me senti o máximo. O Beto fez aquele sinal de o.k., e eu, para relaxar, dei um passo para o lado e me joguei de costas na parede com cara de alvenaria. Na parede, ficou o buraco com o meu contorno, enquanto eu despencava em câmera lenta para a escuridão daquele calabouço.

— Levanta, *brother*!
— Será que ele morreu?
— Não, ele está com os olhos abertos.
— Desce lá.
— Não dá, é alto pra caramba.

Lembrei e me levantei, tentando subir aquela altura toda agarrado na mão do Preto, que só naquele dia reparei ser mesmo tão parecido com Jesus Cristo.

— Eu tô legal! – falei, pra não atrapalhar o show, após a longa escalada escorado em quantas mãos puderam me estender.

Como pude eu passar, em uma fração de segundo, de um momento de glória para aquele mico-gorila? Eu podia ter morrido naquele tombo. Foi mesmo por pouco, pois pregos e tábuas me esperavam lá embaixo, enquanto eu caía desprevenido. Estar desprevenido foi o que me salvou. Caí chapado. Tão mole que nenhuma parte do meu corpo bateu primeiro, transferindo o meu peso todo. No final, só machuquei um pouco a testa e o braço. Meu apelido depois daquilo e durante um bom tempo passou a ser Gaspar, do desenho "Gasparzinho, o Fantasminha Camarada", tal a forma com que eu atravessei aquela parede.

Naquele dia, eu não precisei desmontar nada, e logo que o show acabou me levaram para o Pronto-Socorro pra colocar um curativo na cabeça e uma faixa no braço. Naquela noite, dormimos no hotel. Às vezes, a banda preferia voltar assim que acabava o show, mas naquela noite ficamos lá.

O hotel era bem legal e eu fiquei deitado com aquele galo na testa, assistindo aos filmes do corujão com o braço sobre o corpo para que não encostasse na cama.

Ficávamos em quartos duplos e com alguma frequência alguém batia na porta:

Toc, toc, toc...

– É o Tito! Abre aí.

– Qual é, Tito, não consegue dormir?

– O Preto arranjô uma mina!

– Tudo bem, fica aí.

Quando alguém arranjava uma mina, era certo que uma porta bateria com um desabrigado em busca de um quarto. Eu estava com o Alcinho, que já tinha dormido fazia algum tempo. Naquela noite, o Tito aproveitou pra continuar sua confissão sobre a vontade de abandonar as drogas. Eles gostavam de falar comigo sobre isso e eu me sentia bem. Eu nunca havia colocado um baseado na boca ou cheirado uma carreira de cocaína e eles não me encorajavam. Eu não achava errado o que eles faziam, porque via neles o resultado das drogas e não me assustava. Percebi que a droga não constrói a personalidade das pessoas, esta vem da família, e ali as personalidades eram amáveis e interessantes com ou sem as drogas. Para mim, apenas não havia interesse, era algo que eu não dava muita importância. Acho que a dependência era o que eles queriam manter distante de mim, isto era inquestionável, e o primeiro sintoma dela era sempre a negação, que se repetia em cada conversa.

– Cara, eu não tô mais nessa, eu tô fora – o Tito era repetitivo nesse papo de largar as drogas.

Eu achava, e ainda acho, que os limites do corpo não prendem uma mente livre e que as palavras do Tito pediam ajuda para um corpo liberto mas com uma mente presa, confusa, que, por sua vez, levava esta liberdade do corpo para lugares escuros.

Na manhã seguinte, tomamos o café da manhã e a piada do meu tombo tomou conta de todo o nosso tempo ali. A viagem de volta foi rápida e no meu raio x não constava nenhuma fratura, apenas um pequeno trincado no rádio.

IX

Estou recuperando a visão aos poucos.
– Você está bem? – numa voz rouca de mulher.
A imagem está bem embaralhada, mas o céu claro me ajuda a recuperar a lucidez ao som do celofane de uma pandorga que é empinada na praia. Vejo apenas a silhueta dela, os cabelos longos e encaracolados. Lentamente, reparo no tom claro de sua pele e nos músculos delineados dos braços.
– Helena – falo meio sussurrado, à medida que recupero a visão.
– Quem é a Helena? – escuto a pergunta como resposta.
– Você não é a Helena?
– Pô, cara, tu caiu do muro e te espatifou de cara no chão. Tem certeza de que tu tá bem?
– Helena? – falo, enquanto começo a me levantar.
– Não, eu não sou a Helena. A casa é alugada.
De pé, posso ver com mais calma que não se trata de Helena, os olhos não eram negros e as feições não eram as mesmas que eu esperava encontrar.
– Desculpa, eu achei que era a vizinha que não vejo há muito tempo.

– Tu tá precisando de alguma coisa?
– Não, está tudo bem. Acho que apaguei um pouco com o tombo, mas agora me sinto perfeitamente bem. Desculpe o transtorno – disse, já me afastando em direção ao portão com a mão apalpando a cabeça.

Não vou nem olhar para trás, minha meta é um pequeno cômoro coberto por aquela vegetação pobre à margem da manta de areia batida da praia. Aos poucos me aproximo do mar, até deixar a água tocar meus pés. Nossa, que gelo. O sol dá a sensação gostosa de proteção sem aquele desconforto do calor excessivo dos dias de verão. Meu casaco é de lona, mas estou com uma blusa de lã por baixo e com meu xale no pescoço, só os pés de fora pisando nessa areia aquecida pelo dia aberto e seco. Ainda estou impressionado com a confusão que acabo de causar. Ela deve ter se assustado vendo entrar um estranho desastrado em seu pátio. Fico me imaginando no lugar dela. Alugo uma casa e, antes mesmo de descarregar totalmente as coisas, um maluco pula o meu muro e se estatela bem na minha frente, sem falar na insistência em confundi-la com a Helena. Que decepção. Eu podia, ao menos por educação, ter perguntado o nome dela. Acho que vou até o Clube de Pesca para que ela não me veja voltando tão cedo.

Nesta época, não são poucos os pinguins mortos na beira da praia. Às vezes, alguns chegam vivos da longa viagem da Antártica e ficam desfilando com sua graça até que alguém os leve para algum centro de proteção ambiental. Outro animal comum na areia é o boto, este é morto pelas redes dos pescadores que saem em pequenos barcos com suas muitas malhas ao mar. Sinto o sol que aquece na medida certa o frio desta manhã agitada. As gaivotas param em bando rente ao recuo da rebentação e me observam como se soubessem melhor do que eu o que se passa comigo. Agora não há mesmo nenhuma possibilidade de Helena aparecer por aqui. A casa está alugada. Como pude eu pensar uma coisa destas? Já por mais de uma vez me prometi não projetar fantasias das quais de alguma forma espero realização. Quero viver o momento e nele encontrar a beleza de todas as coisas, a importância do oxigênio, o brilho nos olhos do pássaro que me assiste, "o mar que a última onda sempre adia", sábio no movimento que vem do início do mundo. Preciso me concentrar nas razões que me trouxeram até aqui e por que estou assim tão deslocado do meu próprio centro. Tenho uma sensação estranha, como se tivesse perdido algo, como quando saímos para ir ao banheiro no meio de uma sessão de cinema e na volta percebemos que tudo de importante que tinha para acontecer aconteceu naqueles míseros dez minutos.

X

A saída seria à tarde, aproximadamente às quatro horas. Eu estava lá, como sempre, pontual. Naquela ocasião, fui de carona com meu irmão e com minha sobrinha que, na época, tinha dois anos.

Enquanto meu irmão entrou na casa pra tomar um café com o Beto, eu fui passear com a pequena Isabela na praça que ficava a um quarteirão dali. No caminho, fomos olhando cada pequeno arbusto, que, para ela, tinha a imponência de uma floresta. O passeio: uma avenida, e cada laje incrustada na calçada: um intervalo de duas ou três passadas. Lembrando da época que contava os meus passos comparados aos dos adultos, aos poucos fomos nos aproximando da praça. Uma praça comum, com um grande balanço de oito banquinhos, uma gangorra sem os pinos de junção, um pequeno escorregador e três bancos. Brincamos mais no balanço, onde ela insistia em ficar, incansavelmente. Apesar da paz que transmite uma criança, lembro que estava confuso, pensava nas dificuldades da vida e no vazio das perguntas sem resposta. Ficamos ali por, pelo menos, vinte minutos. Após vários embalos e alguns escorregões, decidimos abandonar a praça, falando a nossa linguagem que era mais uma espécie de telepatia auxiliada por poucas palavras e muitos gestos. Seguimos caminhando lentamente em direção ao portão de ferro que definia os limites daquele lugar colorido e arenoso. Já quando estávamos a dois passos do portão, percebi que se aproximava um casal de aparência bem humilde. Ele se apresentava penteado por aqueles pentes fininhos que deixam o cabelo colado na cabeça até o final da franja, onde surge um pequeno cacho. A camisa leve, abotoada até o último botão da gola, parecia ter sido passada por ele, pois tinha frisos característicos de quem não é familiarizado com a função. O sapato velho mostrava, na espessura da sola, suas muitas caminhadas, apesar de lustrado com o cuidado de alguém que estava preparado para causar a melhor impressão. Ela parecia mais humilde ainda. Calça por cima da camisa na altura do abdômen, sandálias de um número que não correspondia ao seu e as unhas corroídas pelos produtos químicos das limpezas mais brutais. Eles entraram caminhando quase no ritmo em que andávamos eu e Isabela, um ritmo de namoro. Nós já nos afastávamos do portão, quando ouvi a frase que traduzia o objetivo da visita dos dois àquela praça:

— Eu tive o cuidado de não deixar que a tinta caísse na madeira dos banquinhos – falou o homem apontando para o balanço.

— Como está bonito – respondeu a mulher encantada.

Me surpreendi. Ele era o homem que havia pintado os brinquedos daquela praça e estava ali para mostrar a ela o seu feito com o orgulho e a paixão de um Michelangelo frente ao teto da capela Sistina. Nunca, em minha existência, havia me ocorrido que alguém se ocupasse disso. Para mim, os brinquedos já nasciam com as praças e, como as árvores, realizavam sua autoconservação. Ela olhava para tudo com a mesma paixão que ele, e ali percebi a resposta para o que me afligia poucos instantes atrás quando, em tudo, enxergava a dúvida. Olhei para Isabela com ternura e, por causa daquele gesto, vi o mundo em que ela ingressava sem o pessimismo de alguns minutos atrás. Vi a beleza da vida na grandeza daquele gesto tão simples e puro. Vi o quanto vivia projetando feitos hollywoodianos enquanto a vida passava deslumbrante por nós.

    Voltei para a casa do Beto olhando para trás na tentativa de ainda acompanhar aquele casal que continuava seu passeio pela praça como se estivesse numa exposição de arte, caminhando de peça em peça calmamente, para melhor apreciar cada brinquedo.

XI

Vejo, na parte bem seca da areia, distante da onda, o esqueleto de um siri. Não é um siri patola ou algo do gênero com suas cores e seu tamanho. Um sirizinho bem comum, desses que a gente nem come de tanta pena. Vou me curvar para que possa apanhá-lo. Na palma da minha mão ele até que adquire um certo tamanho depois de vê-lo imerso neste cenário vasto. Assim ele parece estar em um outro universo. Não consigo parar de olhar para esta pequena caverna oca que com o vento balança feito uma gangorra na parte mais plana da palma. Meu cabelo balança no mesmo ritmo e não tenho vontade de desfazer esta tela. Uma pintura gravada no tempo que não volta. Por onde andou este pequeno siri para que seu túmulo tenha cruzado uma fração da minha vida? Serão os siris como as tartarugas que, após dezenas de anos, retornam exatamente para o local onde foram concebidas, depois de uma viagem incomensurável pelo oceano? Serei eu tão diferente das tartarugas, se agora volto para os caminhos da minha infância?.. Minha nossa!... Deixa eu parar de pensar tanta maluquice. Vou jogar esta casquinha para ver se ela quica no lombo da onda, como quando arremesso as estrelas do mar. Atenção... lá vai... Deu três quiques e afundou.

Sigo a minha caminhada, que precisa ser longa para atenuar um pouco a vergonha que passei. Às vezes me sinto cansado e nada me motiva, às vezes pareço estar tomado por uma motivação inexplicável que me faz sentir vontade de gritar sem parar até que a minha voz acabe. O vento me leva e em alguns instantes estarei na altura do Clube de Pesca. No lado oposto ao que encontrei o esqueleto do siri, vejo agora uma concha daquelas que escondem o barulho do mar. Ela está na parte úmida e semienterrada, junto às pequenas poças deixadas pelo recuo da onda. Quase posso escutar o som que se esconde lá dentro com suas variações provocadas pelos caminhos que o vento traça no interior côncavo da concha. Não vou pegá-la, vou deixar como está. Ela não tem a humildade do siri nem precisa que eu a coloque na palma da mão. Ela está no lugar certo. Apesar de ser apenas o que sobrou de algo que um dia foi uma vida, ela está exatamente onde deveria estar, distante das cabeceiras de algum apartamento da capital ou do pior destino que uma concha pode ter ao ser transformada em um tétrico cinzeiro.

Não sei até onde vão estes meus devaneios, mas o certo é que preciso descobrir a qual lugar pertenço e o que mais existe além das lembranças daquelas viagens...

XII

Fomos para o show e, no ônibus, eu estava leve. Na cidade, nos receberam como celebridades e, à noite, o show estava lotado. Não tivemos nenhum problema, nem com bandas de abertura nem com pagamento ou equipamento de som. O Monteiro estava calmo, apesar de ter brigado com o porteiro do hotel. Quando tudo estava calmo demais, ele dava um jeito de brigar com alguém e, neste caso, ninguém melhor do que um porteiro para se puxar uma briga. Nada de mais, só uma briguinha. No show, correu tudo perfeito, a banda já estava no final da turnê e o público já era composto, além das pessoas da cidade, de alguns grupos que começavam a seguir a banda. O mais marcante era um grupo chamado Bala-Bala. Eles bebiam tanto que, no final dos shows, ficavam deitados no meio do salão como uma pilha de corpos até que alguém os jogasse para fora.

    Naquela noite, conheci uma menina que durante o show passou o tempo inteiro me olhando. Eu normalmente não ficava com ninguém; primeiro, porque não era artista e, depois, porque gostava de fazer o meu trabalho sem perder mais concentração do que já perdia ao ficar admirando o som, que me fascinava. Ela se aproximou assim que acabei de recarregar o ônibus na saída do clube, antes da volta para o hotel.

– Tu trabalha a muito tempo com a banda? – perguntou ela, puxando conversa.

– É, faz um tempo.

Depois de quinze minutos de conversa em frente ao clube, convidei-a para entrar no ônibus, que possuía poltronas confortáveis. Seu rosto era bem-delineado e seu nariz chamava atenção: era bonita, magra, bem morena, alta, um pouco alta demais para os padrões femininos. Assim que ficamos mais à vontade, comecei a sentir o clima de abertura, enquanto ela desenvolvia um papo-cabeça do tipo:

– Acho que as pessoas são muito materialistas, blá, blá....

Eu criava feições com os lábios improvisando todo charme que pudesse encontrar. Esperei mais um pouco, pra ter certeza de que não estava me precipitando, e, livrando o cabelo de seu rosto, inclinei-me para o beijo que daria início àquela viagem. Usava o maior número possível de membros para tocá-la com firmeza, acariciava cada pelinho tentando sempre ir mais adiante. Aos poucos consegui conquistar a região norte, com um certo esforço desabotoei a blusa de chenile e, com sorte, consegui deslocar o sutiã ao ponto de alcançar as duas colinas tão sonhadas. Para a região sul não era assim tão fácil, ela relutava usando todos os argumentos possíveis, enquanto eu aproveitava os papos dela para reargumentar. Cada instante se passava mais intenso. Sentia meu corpo quente, e com aquela dificuldade toda, já começava a surgir uma pequena dorzinha. Fui obrigado a criar mais espaço abrindo os dois primeiros botões da minha calça de brim coringa.

O tempo passava e eu comecei a ficar preocupado com o retorno da banda para o ônibus. Depois de quase uma hora de beijos e amassos, ela estava, finalmente, apenas de calcinha. E de calcinha ela ficou mais tempo do que eu esperava.

– A gente já chegou até aqui... – falava, tentando persuadi-la.

– Uh, calma! – ela dizia, numa entonação contrária ao texto.

Estava explodindo, quando ela jogou-se para trás e soltou uma frase que me fez disparar o coração, enquanto segurava a calcinha pelas laterais com as duas mãos:

– Tem uma coisa que eu não te disse!

– O que é? – falei, surpreso.

– Eu não sou menina.

O silêncio mais absoluto instalou-se ali naquele instante. Tudo emudeceu... As cores se foram e eu fiquei sem fala. O barulho do bate-estaca que não cessava, embalado pelo DJ do clube, simplesmente desapareceu em um momento de choque. Não desviei o olhar dela, ou melhor, dele. Não estava acreditando. Bem que eu tinha reparado na estatura exuberante e levemente desproporcional. Em uma fração de segundo, questionei minha masculinidade e minha real relação com o homossexualismo. Analisei o que significava tudo aquilo para ela e para mim e quais as consequências das minhas possíveis reações. Lembrei das frases violentas dos amigos mais radicais e permaneci mudo por quase trinta segundos, escorado nas costas da poltrona à nossa frente. Comecei a formular a frase que conduziria aquela situação para um esclarecimento explicando que, apesar de respeitar as opções sexuais, não sentia atração por ele, ou ela, e antes que eu começasse surgiu a frase que eu já não esperava mais:

– Brincadeirinha!

Ao mesmo tempo que eu não acreditava naquela brincadeira insólita um grande alívio tomava conta de todo o meu corpo tenso, na verdade nem todo, pois uma parte dele havia perdido totalmente a tensão com aquele susto. Ela sorria com um sorriso tão divertido que enxerguei ali uma pessoa brilhante. Só uma pessoa realmente brilhante teria espírito para criar toda aquela cena e ficar com aquele sorriso aberto no rosto. Recuperei a tensão necessária, busquei no bolso de dentro do casaco uma camisinha que guardava há algum tempo e deixei que os nossos desejos tomassem conta do resto, seguro de que ela dominava melhor do que eu aquela dança.

XIII

Vejo alguns pequenos cômoros antes do Clube de Pesca. Já faz algum tempo que saí de casa para esta fuga disfarçada de passeio. Que lugar imenso! Uma praia repleta de vazios propícios para a hegemonia do vento. Um espaço sem barreiras onde me enxergo na proporção de apenas um homem ao sol deste lugar distante de mim mesmo. Onde estou na verdade? Sei que minha alma não está comigo, está viajando para os endereços que minhas lembranças ou projeções a enviam. Uma sensação de conforto invade meu corpo quando me transporto para os lugares mais agradáveis da minha imaginação estando sempre lá e aqui, um e outro. Vivendo o que penso enquanto penso que vivo.

    Acho que devo voltar e me apresentar sem os percalços desta manhã. As pegadas da minha vinda fizeram uma trilha em ziguezague ao longo desta faixa de areia sem fim. Como será o nome dela? Vivo sempre em dois lugares ao mesmo tempo. Lá no alto está a pandorga cor de laranja numa dança frenética sustentada pelos ventos do norte. É quase sempre do norte que o vento sopra por aqui, precisamente do nordeste, de onde a vista se perde na quina do oceano.

Não reparei que o clube ficava tão longe. Caminhei a favor do vento, que mais cedo era apenas uma brisa, e agora enfrento o peso do corpo contra esta resistência invisível. Resistências invisíveis estão por toda parte e principalmente hospedadas em situações pouco planejadas como esta. Sorte o céu ainda estar limpo para continuar aquecendo meus pés nus, que até agora não tiveram coragem de tocar por mais de uma única vez as águas gélidas do mar.

Passo a passo encontro os mesmos animais e seus fósseis expostos na areia até avistar o vazio que ficou da casa queimada. Quase posso enxergá-la com sua cor azul e seus pilares de madeira. Por mais de uma vez em épocas de maré alta as ondas chegavam até a nossa casa fazendo com que o mar a transformasse, de fato, em um navio onde nos debruçávamos e assistíamos àquele espetáculo assustador. Muitas vezes sonhei que as águas nos levavam para o infinito cinza daquela beleza estranha.

Acho que ela não está mais ali na frente, o carro sumiu e é provável que ela tenha saído para fazer alguma compra emergencial. É normal descobrirmos faltas em casas de aluguel como um abridor de latas, por exemplo. É o tipo da coisa que não se percebe até que se ponha a massa no fogo e se pegue a lata de atum. Falo isso porque tive que usar a faca para abrir uma lata na minha primeira noite aqui. A propósito, já passa da uma hora da tarde e meu estômago começa a doer. Vou começar a preparar o almoço, não vou fazer nada complicado. Um arroz rápido e sem erro. Lavo, depois coloco água, mas não a medida exata, menos. No decorrer da fervura, fico observando o ponto e vou acrescentando água até que atinja a consistência ideal. Aprendi na adolescência, quando fiquei responsável pelos almoços enquanto meus irmãos e minha mãe tinham a manhã cheia. Na verdade o arroz é o acompanhamento do peixe ensopado com legumes. Este é mais simples ainda, só jogo o peixe dentro da panela e depois pico um monte de legumes, deixando ferver até que fique tudo bem cozido. Tempero com azeite de oliva e sal. Fica parecendo um prato de restaurante.

Toc, toc, toc...

Estão batendo na porta. Posso ver através da persiana a silhueta feminina cuja sombra se alastra pelo piso do avarandado. Desta vez vou agir de forma normal, sem a cena de hoje pela manhã, quando acabei fazendo papel de maluco.

– Desculpe incomodar, mas estou precisando de um saca-rolhas. Como o armazém estava fechado, achei que você poderia me quebrar esse galho.

Agora posso reparar, sem a atrapalhação daquele tombo, que realmente não é Helena.

– Claro, só preciso encontrá-lo. Entra, que eu procuro.

– Obrigada, mas eu espero aqui fora.

Eu lembro de ter visto este saca-rolhas em cima da geladeira, mas agora sumiu. Como pode ter sumido, se não há mais ninguém aqui além de mim? Dizem que sempre há gnomos brincalhões à nossa volta escondendo estas pequenas porcarias.

– Me dá mais um minutinho que eu encontro!
Vou dar uma olhadinha dentro da geladeira, apesar de ali ser um lugar muito improvável. Dito e feito, te peguei.
– Aqui está – estendo a mão.
– Obrigada, eu devolvo daqui a pouquinho – diz, já se virando.

Preciso voltar para o meu almoço, que já deve estar pronto. Essa mulher é meio esquisita, usa umas roupas folgadas e caminha de forma muito elegante para o jeito que se veste. Deve ser bióloga, até porque para estar aqui em pleno inverno só pode ser bióloga. Os biólogos adoram sentir frio, serem picados por insetos, e normalmente usam roupas meio riponagas. Ela não deve estar sozinha, saca-rolhas não é utensílio de quem está sozinha, provavelmente está acompanhada de um colega biólogo. Não tenho nada contra os biólogos, pelo contrário, tenho muitos amigos biólogos que na certa devem até conhecê-la.

Onde estará a Helena? Agora tenho certeza que não a encontrarei aqui na praia. Olho para aquele gramado e vejo o tempo que passou implacável por nós. Lembro de imagens congeladas que ficaram na lembrança como um disco arranhado repetindo sempre a mesma fração. Não sei se isto é bom, pois a memória guarda tudo que marca, e tudo de tudo, apesar da impressão de que muito se perde. Cá estou divagando de novo. Sempre falando baixinho, avaliando e concluindo coisas. Até quando ficarei avaliando e concluindo coisas? Tenho que me ater às coisas que acontecem em cada momento como, por exemplo, a digestão deste peixe que, de tão bom, comi demais. Acho que vou estender a rede na varanda para dar uma relaxada. Já começo a sentir aquela bobeira maravilhosa que nos toma após as refeições e que se torna inconveniente sempre que temos um compromisso importante depois do almoço. Aqui não tenho nada a não ser o compromisso de aproveitar essa sensação de embriaguez. Que balanço gostoso. Ainda mais com esse sol e sua força modesta acariciando meu rosto corado pelo calor do caldo quente que envolvia o peixe. O balanço vai parando aos poucos e adormecendo comigo no embalo do mergulho lúdico, enquanto minha visão se embaralha ao som das ondas e de algumas gaivotas perdidas do bando.

XIV

O balanço parou e quando dei por mim estávamos no meio da estrada num lugar muito distante de qualquer coisa. Estávamos indo para a região sul do estado, mais precisamente para o Laranjal, um balneário a poucos quilômetros de Pelotas banhado pela Lagoa dos Patos. O Monteiro andava todo empolgado, pois havia feito a maior onda com o fato de que nos hospedaríamos em uma "mansão" assim que chegássemos lá.

Logo que acordei, vi que o Monteiro andava de um lado para o outro totalmente atucanado.

– Não dá pra acreditar que esse animal esqueceu de pôr combustível e agora ainda quer me enrolar com a história de que o carburador engasgou!

É incrível como as paradas forçadas nos levam a fazer coisas interessantes como sair e sentir o cheiro do mato, olhando para o horizonte como parte real das nossas vidas. Normalmente passamos olhando tudo como num filme, sem que a paisagem realmente faça parte da nossa vida.

– Estamos perto de uma lomba. Se todos descerem para empurrar, eu faço ele pegar – falou o motorista, olhando direto para o Monteiro.

— Ok, vamos lá! — ele respondeu, para a surpresa de todos.

Nem preciso dizer que a cena foi incrível, a estrada deserta e uma banda de rock empurrando um ônibus. Pra dizer a verdade, eu achei que seria mais difícil fazer aquela coisa se mover; no entanto, conseguimos chegar até a lomba, mas a porqueira não pegou.

— Eu tô dizendo que o problema é gasolina! — berrou o Monteiro.

Ficamos ali por um bom tempo, até surgir um carro que se animou a parar e buscar gasolina para que seguíssemos a viagem. Aos poucos foi todo mundo se acomodando durante aquela espera. Eu me sentei no acostamento e fiquei olhando para longe segurando as alças do meu macacão de brim. Dali olhei para todo o verde do pampa sem pressa. Percebi que gosto dessas surpresas que tiram a gente da nossa previsão e do nosso ritmo, colocando-nos de frente com a vida pela vida, sem as desculpas dos compromissos agendados para justificar nossa existência. Apenas os nossos corpos e o planeta.

— Vamo nessa que a gasolina chegou — gritou o Beto.

Olhei para o ônibus e lá estava o Monteiro gesticulando e xingando o motorista, que insistia que o problema era no carburador. Retomamos a viagem exaustos pelo esforço de empurrar aquele trambolho.

— Vocês vão ver só a mansão que nos espera lá. O contratante disse que é um absurdo — falou o Monteiro, empolgado.

Realmente, a região de Pelotas abrigou famílias muito tradicionais, baronesas, o Barão de Jarau, senhor do charque com sua mansão em estilo neoclássico e suas infinitas acomodações. O histórico fazia com que o papo da mansão não parecesse assim tão absurdo. Tito continuava com aquele discurso de que havia largado as drogas e a mulherada, encontrando em mim uma espécie de padre de confessionário.

Antes de chegarmos no Laranjal, fomos dar uma breve olhada no oceano que se mostra na praia ao lado: a praia do Cassino. Na entrada, demos de cara com o monumento mais importante da cidade. Exposta a poucos metros da praia, a Santa, encoberta por um manto azul, não era exatamente uma imagem tradicional. Tinha as curvas de um corpo escultural, com a cintura fina. Os quadris largos sustentavam um busto mais do que farto parcialmente visto por um decote cavadíssimo. Impressionante aquela imagem erótica da Santa. E pra não dizerem que é mentira, a estátua está lá para quem quiser conferir. Demos boas risadas e os mais religiosos até fizeram algumas orações, atordoados pelo seu encantamento.

De longe não dava para ver nada, e de perto também não. Um chalé tipo canadense com, no máximo, uma sala e um quarto onde a água escorria pelas paredes, tamanha era a umidade daquele lugar claustrofóbico. Desci do ônibus e fiquei observando o Monteiro, que aos poucos ia mudando de cor e perdendo a estabilidade motora.

– Onde está este desgraçado, que eu mato!? – falou, andando de um lado para o outro sem parar.
– Calma! – disse o Beto meio sem convicção.
Caminhando pelo pátio da casa, o Monteiro acabou sujando os pés com aquela lama que transpassa o tênis e as meias, deixando uma sensação de gosma entre os dedos e produzindo aquele som tipo peido.
– Só me faltava essa!!
De repente, do fundo da casa, surgiu um cara com jeito de colono caminhando em nosso direção. Sem perder tempo, o Monteiro correu tomado por um clima de cavaleiro medieval e, antes que alguém percebesse, lá estava ele em cima do homem, sem nem perguntar o nome. No meio da briga surgiu, de dentro da casa, um outro cara com um revólver na cintura e passos de bêbado.
– Que bagunça é essa aí? – falou, já empunhando a arma.
De pronto, os dois se levantaram com aquelas caras amassadas e os cabelos desgrenhados, enquanto o verdadeiro contratante se aproximava com o revólver na mão. Da voz trêmula do homem que o Monteiro havia atacado vinha a desculpa que, aos poucos, esclarecia aquele tremendo mal entendido.
– Nós nos atrasamos por causa do Vico, mas o equipamento já está na garagem.
O Monteiro atacou o cara da sonorização achando que se tratava do contratante. Eu assistia, perplexo, aquela cena, enquanto o trabuco trocava aleatoriamente de direção na mão daquele bêbado.

— Tu que é o Monteiro?
— Sou eu mesmo.
— Chama a banda toda que eu vou mostrar a minha mansão e explicar da festa de arromba que vai rolar hoje aqui no Laranjal – falou, dando as costas e entrando no chalé.

Olhei para o Beto, atônito. O revólver fez com que todos ali perdessem a valentia, trazendo uma sensação de total impotência. Ficamos imóveis por uns vinte minutos, esperando que o Monteiro voltasse de dentro da "mansão". O Preto começou a resmungar e o Tito olhava pra mim com uma cara de assustado. Já estávamos quase em pânico quando, de trás da garagem, saiu o Monteiro com a cabeça baixa caminhando em nossa direção.

— Nós vamos ter que tocar.
— Mas nós vamos ficar onde? – perguntou Beto.
— Vamos ficar no ônibus. A gente toca e se manda.
— Por que a gente não se manda agora?
— Por que o cara nos mata. O cara é barra pesada – falou o Monteiro já com a cabeça baixa, afastando-se do chalé.

Entramos no ônibus e voltamos para a praia onde estava a imagem da Santa. O tempo não passava. A gente não acreditava na roubada em que havíamos entrado. O Monteiro andava de um lado para o outro com aquela cara de tacho, sem falar uma palavra. Eu não podia me pronunciar muito; na escala hierárquica, o *roadie* fica abaixo de todos e não tem que falar nada mesmo. Voltei o rosto para a imagem e fiquei ali viajando enquanto eles se pegavam no pau, uns xingando o Monteiro, outros defendendo. Olhando para ela, senti o quanto era estranha toda aquela situação. Eu numa cidade distante, na beira do oceano, em frente a uma Santa com aparência de uma Vênus, envolvida por um vento forte que se arrastava por aquela imensidão de areia. Comecei a me enxergar de longe, como se eu estivesse subindo em direção ao céu sem perder o foco de mim mesmo, como se projetasse minha alma para longe dali só para admirar aquele momento estranho de espera. Fiquei um bom tempo pensando sobre o ócio. É durante estes momentos que paramos de fato e temos liberdade total de exercitar nossa imaginação nos sentidos mais variados, longe da pobreza do raciocínio dos atos calculados e rotineiros que ocupam o nosso dia a dia. Descarregar o ônibus, montar o praticável, afinar os instrumentos, levantar o cenário... Naquele momento algo de genial podia surgir, como uma ideia revolucionária, ou até mesmo uma alternativa para nos livrarmos daquela roubada em que eu me sentia tão à vontade.

    Voltei o olhar para a Santa e continuei observando aquela imagem que, pelo movimento das nuvens, parecia estar viva. Dava aquela sensação que temos quando estamos parados com o carro no sinal e, pelo movimento dos veículos à nossa volta, temos a nítida impressão de que deslizamos lentamente no sentido contrário.

    A Virgem se movia num balanço hipnótico e surreal. Fiquei ali até que me chamassem para sairmos rumo à indiada da "mansão"...

...o ônibus se aproximou lentamente da rua onde aconteceria o show. Dava pra ver os carros estacionados em frente ao chalé e logo surgiu o cara com o revólver na cintura no meio da rua coordenando a nossa manobra. Devia ser umas onze da noite e começava a garoar, aquela chuvinha chata que molha tudo mas não intimida o passeio. Descemos e fomos direto para o palco. Eu montei o equipamento o mais rápido que pude. Não usamos cenário nem testamos, sequer, o microfone do Preto. Fomos do jeito que dava. Em frente ao palco, eu vi uma das cenas mais malucas da minha vida: uma banheira em estilo antigo, incrustada no gramado a poucos metros do palco. É, como se fosse uma pequena piscina cheia de um lodo verde, mistura da água da chuva e da cerveja dos bêbados que caíam ali dentro.

    Não era nem meia-noite e todos ali já estavam pra lá de Bagdá. A banda entrou e detonou o rock no meio daquela loucura. A cobertura do palco era pobre e quase que a chuva chegava na gente. A festa rolava e os convidados caíam pelos cantos daquele gramado encharcado e daquela banheira nojenta. Acho que foi o show mais bizarro de todos que já vi. Acabamos e corremos para dentro do ônibus, o Monteiro pegou a grana e botamos o pé na estrada sem olhar para os sobreviventes daquele show da "mansão".

XV

Estou meio angustiado. O sol já baixou e eu fiquei na varanda babando feito um guri ranhento sem perceber que as horas passavam sem mim. Por certo que a vizinha tentou devolver o saca-rolhas e não teve coragem de me acordar. Que pena. Posso ouvir o barulho das vozes vindas do quarto da Helena. Ela deve estar ali enquanto eu permaneço estatelado nessa rede babada. Vou me levantar, lavar o rosto e ir até lá. Na verdade não tenho muita certeza se devo, talvez pareça inoportuno. Eu mal a conheço e já vou assim me escalando. Maldita incerteza que sempre aparece nas horas mais inapropriadas. Devíamos duvidar apenas das coisas certas e nunca das realmente duvidosas. Tipo quando pedimos aquele conselho telegrafando a resposta:

– O que você achou deste casaco que eu paguei uma fortuna?

É obvio que para esta pergunta só pode existir uma resposta. Por que, então, quando nos perguntamos sobre algo como a dúvida de ir até casa da vizinha, não conseguimos ser hipócritas com nós mesmos e damos a esperada resposta?

– Realmente, o casaco é incrível!

É, eu sei que a razão é porque já conheço a desilusão. Azar, não tenho nada a perder. Ainda mais com a desculpa de que preciso do saca-rolhas. Olha só pra mim, barba na cara e ainda com essas bobeiras. Parece que a idade não serve pra nada além de nos deixar mais inseguros na medida em que vamos envelhecendo e perdendo a espontaneidade explícita dos mais jovens.

Daqui posso ver que a porta está entreaberta. Na verdade, avisar desse descuido é mais um pretexto para que eu me aproxime. Nessa época, os mesmos vândalos que incendiaram a casa da frente podem estar por aí à procura de outra fogueira.

– Ei!

Acho melhor eu ir até lá e bater na porta.

Já posso vê-la de costas sem que ela perceba a minha presença.

– Oi!!!

– Ah!!!! – deu um grito agudo e histérico.

– Calma, sou eu, o vizinho. Eu vim só pra avisar que estou precisando da porta aberta.

– Hein!?

– Não! Quero dizer que estou precisando do saca-rolhas e é melhor não deixar a porta aberta. Aqui, no inverno, tem muito vândalo solto pelas ruas. Desculpe se eu te assustei.

– Tudo bem, é que eu não percebi que tu vinhas te aproximando. Entra um pouquinho que eu vou lá pegar o saca-rolhas. O meu nome é Cássia e esta é a Jordana. Fica à vontade.

E eu que estava preocupado com o colega biólogo. Veja só, uma amiga, e não é qualquer amiga. Jordana me fez ficar mudo. Uma morena com a pele escura e os olhos claros, os cabelos castanhos e um sorriso espontâneo e acolhedor, como se apenas o sorriso já nos envolvesse num abraço.

— Tu acha mesmo que é perigoso deixar a porta aberta aqui na praia? — perguntou Jordana.

Na verdade, eu nem acho tão perigoso assim, mas é melhor prevenir do que remediar.

— Claro que é perigoso. Tem um monte de louco solto por aí.

— A Cássia me falou do teu tombo hoje de manhã. Tudo bem?

— Tudo bem, foi só o susto. Um descuido bobo.

Com o canto do olho, posso ver a Cássia na cozinha com a mão pronta para apagar o fogo na chaleira. Da cozinha, vem o grito:

— Você não quer tomar um chimarrão com a gente!?

— Aceito — sem hesitar.

Engraçado eu aqui sentado em frente a essas duas mulheres. De fato, gosto de fazer esse exercício, parar e observar o momento presente como se tivesse sido transportado de um outro não subsequente. Tipo túnel do tempo. Há pouco estava só, deitado em uma rede babada e inventando cenários ao som das ondas e das gaivotas. Agora cá estou. Às vezes me permito ir mais longe, me imaginando nesta mesma sala vinte anos mais cedo, correndo atrás de Helena pelos cantos desta casa que mais parece um labirinto.

Lembro de um dia em que fomos até o segundo andar. Os pais e as irmãs de Helena tinham ido passar o dia em Cidreira, enquanto ela, excepcionalmente, decidiu ficar. Eu estava no final dos meus doze anos e no auge das minhas dúvidas sobre o sexo. Na subida da escada que levava até o outro piso já pude sentir as intenções dela. Em frente à sua cama, paramos e ficamos de pé esperando que os gestos transformassem aquela tarde. Sem a calma que o tempo me traria, taquei um beijo desajeitado e corri para fora da casa. Antes que ela enxergasse a vergonha que se estampara em meu rosto, saí deixando para trás muito mais que apenas um beijo. Na cabeça dela existiam possibilidades que eu não imaginava. Na minha, seria impossível ir mais adiante do que apenas o beijo. O medo e a responsabilidade da iniciativa adiaram aquela que foi minha primeira oportunidade de desmistificar Helena.

Desta imagem tenho que voltar de súbito para o presente para que o exercício proceda, como se corresse do andar de cima para a sala e encontrasse Cássia e Jordana. Consigo até ver a cena onde eu, com doze anos, paro em frente a essas duas mulheres depois de descer a escada com o rosto enrubescido. Basta olhar no espelho do corredor.

– Obrigado – falo, passando o chimarrão para Jordana.

– Então você não quer mais?

— Por quê? — falo, sem entender a razão da pergunta.

— Quando a gente passa o chimarrão e fala obrigado, não significa que você está agradecido e sim que você está satisfeito. É assim que funciona a cultura do chimas, entre outros lances.

— Ah, é! Como o costume de não passar a cuia antes de terminá-la.

— Isso mesmo, ou então o lance de passar a cuia somente com a mão direita, e se assim não se fizer, pede-se então desculpas pela mão. (*Risos*)

XVI

— Você me dá um autógrafo?

Inacreditável, alguém estava me pedindo um autógrafo. Eu não sabia exatamente como reagir. Fiquei bem nervoso mas, como em toda situação deste tipo, disfarcei ao máximo, fingindo já estar acostumado. Eu não era nem artista e estava lá prestes a dar um autógrafo! Essa foi demais!

– Sim, claro, como é seu nome?

Coloquei o nome, um recadinho e assinei. Eu prestava atenção em como eles faziam aquilo em todos os shows e não foi tão difícil. Saí com a sensação de que a partir daquele dia eu seria imortal. Lembrei da Helena e quase liguei pra contar, mas, na verdade, eu não tinha coragem de retomar o contato durante o ano. Acabava sempre esperando que um outro verão chegasse e voltássemos para o Pinhal, onde poderia revê-la. Foi no camarim que me pediram aquele autógrafo. Fiquei lá por mais alguns minutos e voltei para o palco para desmontar as coisas depois daquele show em Caxias. O show foi demais. Aquele tipo de show sem percalços, fantasminhas ou coisas do gênero. A galera cantou o tempo inteiro pedindo as músicas e gritando o nome do Tito e do Preto, que balançavam suas cabeleiras feito loucos. Nas partes finais das músicas, onde rola aquela barulheira, a coisa realmente pegava fogo, pois a galera gritava mais e eles tocavam e pulavam mais.

Naquela época, as bandas que a gente gostava estavam no auge dos pulos. Era pulo pra todo lado. O difícil era fazer como os caras que pulavam sem perder o controle da afinação nem do ritmo. Naquele show, eles voltaram pro bis duas vezes e eu fiquei o tempo todo cantarolando as músicas ao lado do palco. Na manhã seguinte, aproveitamos a sauna do hotel para relaxar e tirar uma onda de *rockstars*. Resolvemos ficar na cidade até depois do meio-dia, quando retomamos o caminho de casa.

Com a cabeça recostada no vidro e o corpo ocupando os três bancos que formavam a minha cama, voltei sonhando em um dia estar do lado de lá. Tocar como eles e dar mais do que um autógrafo acidental era algo que começava a ocupar um espaço real dentro da minha cabeça. De fato eu já estava guardando a grana dos cachês para comprar uma guitarra de verdade. Uma daquelas em que o Tito tocava era o meu maior sonho. Aos poucos eu ia conhecendo melhor cada modelo, os pedais que fazem os efeitos como os *overdrives*, *phasers*, *delays*. Tudo me fascinava e eu olhava pela janela o mais distante que meus olhos pudessem enxergar para que a sensação aumentasse. Quando ficava ali olhando para aquele verde e aquelas casas que passavam pelo nosso ônibus, entrava numa espécie de transe onde tudo parecia estar realizado. Bastava imaginar a multidão com os olhos atentos aos meus acordes que ela estaria lá. Bastava projetar a guitarra mais reluzente e ela estaria lá. Às vezes, preferia que a viagem não acabasse para que eu pudesse ficar mais tempo vivendo aqueles momentos com a cabeça recostada no vidro da janela e o corpo atirado naqueles bancos.

– Chegamos! – gritou o Monteiro.

Levantei do meu trono e voltei para minhas luvas de carregador antes que eu esquecesse de vez que ali eu era não mais do que apenas o *roadie*.

XVII

Agora estou atualizado sobre as manhas de manuseio dessa bebida típica do Rio Grande, afinal de contas, já faz um bom tempo que estou aqui jogando conversa fora entre um mate e outro. A Cássia me parece uma pessoa bem descolada, daquelas que falam com a leveza de quem não atribui às palavras a importância irreversível de cada sentença. A Jordana é mais serena, traz um pouco daquela calma invejável que é a base da elegância.

— O que vocês estão fazendo aqui neste fim de mundo? – pergunto com um ar surpreso.

— A gente trabalha com pesquisas de animais e plantas, somos biólogas. Estudamos os bichinhos.

Eu tinha certeza de que elas eram biólogas, foi o meu primeiro palpite.

— Que bacana, eu acho massa essa área. Os animais têm muita coisa pra ensinar pra gente, que anda tão distante da natureza.

— Principalmente sobre o sexo – disse Cássia com um tom irônico.

— Cássia, vê se não começa! – falou Jordana.

— A fidelidade é um privilégio de pessoas feias, gordas e desinteressantes – falou Cássia ainda mais irônica.

A frase soa bombástica na peça que tem o tamanho do mundo. Ficarei quieto por alguns instantes enquanto assimilo o fato de que ela realmente tenha dito isso.

— Eu acho que você está sendo radical demais, Cássia — falou Jordana.

— O chimarrão esfriou — falei, pra desviar um pouco o assunto que surgiu de sobressalto na conversa.

Tudo bem que eu já estou aqui há um bom tempo, mas não dá pra não achar estranho que elas levem esse tipo de papo na frente de alguém tão pouco íntimo como eu. Claro que não é necessariamente fundamental a intimidade para discutir questões como estas, mas que é gozado, é. Começa agora a me passar pela cabeça um monte de possibilidades: para que duas gurias consigam formular uma conversa dessas sem nenhum constrangimento é preciso uma cabeça "aberta", o que me faz pensar que elas possam ser até namoradas.

— Tá certo que o conceito de fidelidade é baseado em questões econômicas e culturais, mas também não é bem assim. Tem um monte de gente que curte o lance de ser fiel sem necessariamente fazer parte desse grupo dos feios, gordos ou desinteressantes — falou Jordana, tentando amenizar um pouco aquela sentença extravagante.

— Então é por sacrifício.

— Qual é Cássia? O nosso vizinho deve estar apavorado com estes teus exageros.

— Não, continuem a discussão. Eu quero entender o que a Cássia quer dizer com essa história de sacrifício.

— Na verdade, as pessoas todas se relacionam na base do sacrifício. O fato de se privar das coisas tentadoras da vida traz uma espécie de direito de uma pessoa sobre a outra. O direito da cobrança do sacrifício. Eu me sacrifiquei por você então você me deve. Como uma moeda medida pelo quanto um se sacrifica a mais que o outro.

Ao mesmo tempo em que presto atenção no sermão da Cássia, não consigo deixar de reparar no jeito da Jordana. Seus lábios, a expressão de quem, com toda calma do mundo, escuta uma argumentação contrária às suas convicções e nem por um segundo desfaz o semblante seguro de quem se gosta. Esta é a principal questão, ela se gosta. Posso ver isto nos seus olhos. Ela faz com que o reflexo do que somos se amplie ao passar por sua percepção. Como que servindo de filtro para melhorar a nossa própria imagem.

— Ok, Cássia, de certa forma eu acho que tem muita coisa coerente no que tu tá falando, mas vamos mudar de assunto — falou Jordana com a voz firme.

— Jordana, tu sabe que eu gosto de falar umas frases de efeito e que não sejam necessariamente mais do que apenas frases para que a gente possa falar e refletir de alguma forma. "Uma verdade deixa de ser uma verdade quando mais de uma pessoa acredita nela." Oscar Wilde.

A Cássia está se espreguiçando ao mesmo tempo que olha sutilmente para o relógio. Hora de cair fora.

— Acho que já está ficando tarde.

— Imagina! — fala Cássia, confirmando minhas suspeitas, enquanto a Jordana olha para mim.

Vejo no rosto de Jordana algo que me intriga, uma familiaridade estranha, como se de alguma forma eu já a conhecesse e por ela sentisse uma predisposição. Na verdade, o que mais me ajuda a acreditar nisso é o sentimento que percebo por Cássia. Uma sensação bem diferente, gosto dela, mas não sinto familiaridade nenhuma, pelo contrário, parece ser uma presença que de alguma forma me incomoda.

Dei os três beijinhos em cada uma e agora estou aqui na rua a mais ou menos dez passos de casa. A cada passo que dou sinto passear por um universo atemporal onde o cenário é propício para qualquer projeção. Estou pensando em Jordana mas ao mesmo tempo todo este ambiente, o muro, o orvalho, os insetos, o barulho das ondas, me trazem Helena e a lembrança conturbada de algo que ficou para trás.

A porta não está trancada e a rede ainda está com as marcas da baba que eu deixei perto da parte bordada ao final do dia ensolarado de hoje. Estou confuso com relação ao sentimento que me despertou a Jordana e ao que de fato elas têm uma com a outra. Posso estar viajando ao suspeitar sobre o comportamento das duas. A propósito, esqueci de perguntar até quando elas pretendem ficar aqui na praia com este frio todo.

Ao mesmo tempo que escovo os dentes não consigo parar de pensar no papo que tivemos sobre fidelidade e a forma convicta com que Cássia defendeu um ponto de vista de quem não acredita na exclusividade do amor. Na verdade, fiquei cismado justamente pelo fato de surgir um sentimento igual e simultâneo a respeito de duas pessoas totalmente diferentes: Jordana e Helena. Uma mora no passado, outra mora no presente. Qual é, enfim, a relevância do deslocamento temporal quando o que importa é o sentimento que me surpreende agora?

Acho que nunca tomei tanto chimarrão em toda a minha vida. Recosto a cabeça no travesseiro e não consigo parar de pensar. É incrível como precisamos desistir do dia para que possamos atravessar a noite com a calma que o sono exige. Desistir do dia e de todos os pensamentos inerentes a ele. Às vezes penso que no espaço de um dia sintetizam-se todas as possibilidades de uma vida e que não seria necessário mais que um só dia para se justificar uma existência.

Hoje não quero ficar olhando para o teto, vou tentar dormir de bruços com o travesseiro servindo de apoio para o braço. A ansiedade me faz virar de um lado para o outro sem parar, aumentando ainda mais a distância que tenho do sono. Vou me concentrar no barulho do mar que, assim como eu, não descansa...

...ouço cada eco sobreposto ao som original das ondas e sinto que não estou mais na cama, não tenho certeza se saí voluntariamente ou se fui retirado de lá assim de surpresa, o fato é que não estou mais lá e preciso prestar atenção na imagem que vem surgindo. Uma imagem única. Vejo cores incríveis ocupando espaços opacos e não sinto frio ou calor. Posso ver os cômoros e o ponto onde quebra a última onda, as gaivotas planando no silêncio da maior serenidade que já presenciei enquanto permaneço imóvel neste instante que me pede para me portar assim. Estou esperando, não sei exatamente o quê. Sei que estou esperando. Por um segundo me passa pela cabeça a possibilidade de que não aconteça nada e assim eu permaneça pela eternidade. Não posso afirmar qual é o meu desejo, sinto um pouco de medo quanto ao que possa vir, e um grande receio de que nada venha. Aos poucos começa um movimento cadenciado das nuvens coloridas deste céu psicodélico. Tudo começa a acelerar e acelerar, o vento começa a sacudir tudo, até mesmo meu corpo incrustado na terra, longe do poderio dos pássaros. Não há mais luz.

XVIII

Não estava frio, estávamos em dezembro e o dia já tinha se deitado sobre as noites prematuras do inverno. Na minha mão, um álbum de fotografia com aquelas capas de ursinho. Na primeira página que deslizava pelo espiral, a imagem de um enforcamento, um suicídio cometido na beira de um rio que passa nas proximidades da pequena Taquari. Uma imagem tão forte que não sai da minha cabeça, por mais que eu tente esquecê-la. Por que aquele cara guardava aquelas fotos? Coloquei os equipamentos ali para que não ficassem na rua, pois estávamos já fazia algum tempo esperando chegar o dono da funerária. A funerária foi o único local que o Monteiro encontrou para bater, na máquina Olivetti, o acordo onde o contratante passava o seu carro para o nosso nome se não pagasse o show em quinze dias. Não era comum, mas acontecia de a gente subir no palco sem receber a grana do cachê. Às vezes, os caras achavam que podiam passar a perna no Monteiro, mas aí acabavam ficando sem o carro ou qualquer outra coisa que desse pra levar por pelo menos quinze dias.

Quem me mostrou o álbum foi um rapaz mais ou menos da minha idade que ficava de plantão durante a noite e que certamente via naquelas páginas tétricas seu único passatempo.

– Esse aí a gente só achou depois de uns dez dias – disse, apontando para a foto de um cadáver deitado em uma cama num quarto meio maloca.

Olhei para o Monteiro, que estava caminhando de um lado para o outro daquele pequeno espaço, e percebi que nem ele estava suportando aquele papo.

– Este, então, já estava todo estrebuchado!

– Cala a boca! – gritou o Tito, já com aquela cara de quem está prestes a "chamar o Hugo".

O contratante era um gurizão que nunca havia feito nenhum evento e estava mais interessado em se detonar do que pensar no lance da grana, apesar de seu interesse em não perder o carro:

– Pô, velho! Não precisa levar a caranga!! Semana que vem eu tô com a grana!

– Semana que vem tu pega a tua caranga – falou o Monteiro com a voz firme, enquanto colocava o papel na máquina.

O cara era tão desligado que esqueceu a porta lateral do ginásio aberta, servindo de passagem "vip" para os furões que circulam em todos os shows.

Por coincidência, a funerária ficava bem em frente ao ginásio. Naquela madrugada não tinha morrido ninguém e o único movimento ali foi o nosso. Enquanto o Monteiro datilografava usando apenas o "indicador" da mão direita, pude voltar ao ginásio sem o tumulto de instantes atrás...

Assim como a atmosfera que encontramos antes da montagem dos equipamentos, a posterior é ainda mais vazia. Parado em frente ao palco desmontado por mim há pouco, fiquei ali olhando do fundo da pista aquele cenário impressionante de um lugar com as marcas da multidão. Era como se estivesse em um campo de batalha poucos instantes após o combate. Um combate entre pessoas solitárias em busca de um "algo mais", uma distração ou, em alguns casos, o grande encontro de suas vidas. Alguém que apareça entre os outros e faça a diferença. Para mim era sempre um trabalho; divertido, é verdade, mas sempre um trabalho. Para os que estiveram ali largando aqueles milhares de copos vazios pelo salão, existia o fascínio da busca por este "algo mais". As marcas deixadas nos copos entre o batom e o formato dos dedos, os bilhetes com telefones que nunca tocarão por aquela noite, alguns pertences esquecidos pela bebida que, em muitos casos, substitui a possibilidade de qualquer encontro. Tudo parecia aumentar a profundidade do vazio.

Do outro lado da rua estava o garoto com o álbum na mão, enquanto Monteiro seguia datilografando com a cara amarrada pela frieza que nos protegia. O Beto estava com ele mas os outros já esperavam no ônibus. Aos poucos fui voltando para a saída principal onde um porteiro, frustrado pelo furo daquela noite, me olhava com cara de cansado. Chutei alguns copos e dei uma última olhada para aquele cenário que poucas vezes me fascinara como naquela noite. Da porta de saída enxergava o movimento na funerária. Monteiro saiu para entrar na Elba Fiat que seria a nossa garantia de pagamento, enquanto Beto acenava para que eu me juntasse a eles no retorno pra casa.

Na estrada, voltei apreensivo ao ver que logo ali na nossa frente, o Monteiro, às vezes, guinava para a esquerda, tomado pelo sono daquela madrugada e suas surpresas. Ele não estava sozinho, o Nando tinha resolvido acompanhá-lo. De qualquer forma, eu não conseguia relaxar vendo aquele ziguezague na nossa frente iluminado pelos faróis do nosso ônibus. Às vezes, fechava os olhos, numa apagada rápida, e enxergava o cadáver pendurado na árvore à beira do rio, lembrando o álbum tétrico que o garoto exibia na funerária. Tudo construía uma atmosfera atípica para aquele retorno de Taquari.

Chegamos com o sol alto, acima dos prédios. Como sempre, a cidade nos recebia silenciosa. Monteiro buzinou com dois toques assim que cruzamos a avenida que o levaria para casa no ziguezague constante daquele carro-garantia. Eu fui descarregar os equipamentos que ficavam na casa do Beto, enquanto os outros tomaram o rumo de suas casas. Assim que terminei, saí pelas ruas, naquela manhã quente de dezembro.

XIX

A noite, nesta época do ano, fica livre das luzes artificiais que ofuscam a claridade das estrelas. Assim, posso ver até o planeta mais distante sem sair do avarandado ao lado da garagem. O vento que vem do norte contorna a casa fazendo um som suave e às vezes cantando alguma melodia estranha. Acordei no meio da noite e não consigo voltar para a cama depois que fixei os olhos neste céu incrível. Estes sonhos certamente têm alguma coisa a ver com as razões da minha vinda para cá. Caminho por um corredor interminável e tenho medo que me descubram. Um receio de encarar alguma coisa que deixei para trás.

    O céu parece ser exatamente o mesmo de quando passava aqueles verões correndo atrás de Helena com os pés cheios de piche. A impressão é de que está tudo exatamente igual. É claro que a quantidade de satélites deve ter aumentado substancialmente, mas o fato é que este tempo todo que me afasta da pré-adolescência não significa absolutamente nada para todas as estrelas e estes planetas que viajam lá em cima. Me sinto um pouco assim quando penso em mim e no tempo que passou. Parece que realmente não mudei nada neste tempo todo, continuo exatamente igual e ainda sinto a mesma dificuldade de respirar quando me ataca a rinite. Ainda sinto a mesma vontade de brincar de mocinho, fazendo caras e bocas para uma vida cheia de rotina e percalços.

Sinto vontade de chorar e não sei exatamente por quê. A vontade é inesperada, como se percebesse repentinamente toda a fragilidade da vida.

Vou voltar para dentro e me deitar novamente. É provável que não seja tão difícil adormecer agora que estou mais cansado. Preciso mesmo é desencanar. Não está fácil com esta vozinha que não para de me ameaçar. Parece que existe algo como um pressentimento que capto mas escondo para me poupar. Sei que não sou totalmente honesto comigo. Volto a me concentrar no barulho do mar que me levou da primeira vez e já sinto uma tonturinha que me traz esperança. Alguns flashes estranhos com imagens indefinidas surgem me apanhando num pulo que me acorda. Às vezes, uma porta entreaberta. Às vezes, uma névoa que toma conta de um ambiente que ensaio entrar. Um lugar que me assusta e me faz recuar do sono. Será então por cansaço que vencerei esta resistência toda.

Vou abrir bem os olhos e ficar propositadamente acordado até que não tenha mais forças para suportar o peso das pálpebras. Até que a noite desista do escuro, ficarei acordado esperando uma gaivota qualquer cantar por aqui. Ficarei passeando no vazio do intervalo entre um dia e outro. Por que tenho a impressão de que algo está errado pelo simples fato de não sentir sono? Como se fosse obrigado a dormir sempre que deito. Estou precisando voltar a fazer exercícios. Deve ser esta a razão da insônia. Que raiva! Brigado com este outro eu, que não me obedece e que a cada dia toma mais espaço, o meu olho desiste junto com a noite que se vai.

XX

Estava escuro e eu não encontrava o afinador eletrônico que tinha caído entre os degraus da escada que dava acesso ao palco. O Beto olhava pra mim com uma cara de assassino de *roadie*. O baixo tinha cedido na corda mi e a próxima música, que por coincidência era a música de trabalho, usava basicamente só esta corda. Olhei pra baixo e vi que o afinador havia caído justamente entre as frestas do assoalho podre que revestia aquela escada. Abaixei e tentei passar a mão pelo espaço demasiado pequeno. Ainda restavam dois minutos para que a música acabasse e eu não via nenhuma possibilidade de resolver o problema. Pensei aflito até chegar a uma conclusão. Esperei o momento em que ele deveria pegar o baixo e gritei:

– Vai no ouvido!!! – sugerindo que ele desistisse da minha ajuda e afinasse como fazia o velho Jimi Hendrix: no ouvido.

Ao contrário do que eu esperava, a sua reação foi bem simpática, traduzida com um simples aceno do tipo: tudo bem. O show transcorreu sem maiores imprevistos e depois, com calma, consegui resgatar o afinador usando um arame que o cara da sonorização me emprestou.

Foi incrível constatar que depois de tudo o afinador ainda estava com defeito. Ao chegar no hotel fui para o meu quarto e fiquei tentando entender o que estava acontecendo com aquela maquininha que, aos poucos, ia me tirando do sério.

Toc, toc, toc...
– Quem é?
– Sou eu, o Beto.

Pensei: uh! Aí vem mijada. Fui até a porta com aquela cara espremida de quem tem culpa no cartório, mas sem hesitar em abri-la de pronto.

– Pô, cara, desculpa aí o lance do afinador, não tinha jeito mesmo. O troço caiu bem no buraco e não tinha como pegar na pressa.

– Na real eu vim aqui pra dizer que tu não precisa esquentar a cabeça com esse lance que rolou no show. Eu vi que tu ficou chateado. Não dá nada! Mas o que é que tá rolando?

– Pô, tu acredita que o afinador não tá querendo funcionar, não sei qual é o problema, mas não funça. Eu tô mexendo há um tempo nele. Talvez seja algum mau contato.

– Deixa eu dar uma olhada – falou o Beto, já me afastando com o braço.

Sinceramente não deu pra acreditar no que aquele cara fez.

– Quer que eu resolva? – falou ele.
– Sim, seria ótimo.

Com muita calma, o Beto estendeu a mão direita até alcançar a cadeira da escrivaninha. Com a esquerda, ele posicionou o afinador bem no centro da mesa e, assim que o pequeno aparelho estava centrado, crash!!!!!! Inacreditavelmente, o cara arrebentou o afinador com os pés da cadeira, usando-a como uma espécie de bastão de *baseball*.

– Pronto. Agora não tem mais problema.

Era quase como a teoria do cabrito. É, aquela que faz sua vida melhorar em uma semana após a companhia de um cabrito. Ouvi essa história na sala de espera de um consultório médico. O sujeito está deprimido, achando que a vida está uma merda, então ele compra um cabrito e coloca dentro do apartamento onde supostamente mora. Uma semana depois, ele tira o cabrito de lá e sua vida se transforma num paraíso.

Olhei para ele sem dizer uma palavra, enquanto se afastava chutando os pedaços que haviam sobrado do pobre afinador. O Beto estava certo, a melhor saída era desencanar mesmo e partir para um novo. Aquele já tinha me dado muita dor de cabeça e estava na hora de comprar um daqueles que vinham com luzinhas vermelhas imitando os ponteiros. Poxa, mas ele podia ao menos ter me perguntado antes de estraçalhar o troço daquele jeito.

Deitei e lembrei de tudo que tinha se passado naquele dia quando o pequeno afinador havia tomado toda a cena. Olhei pro chão e, aos poucos, comecei a enxergar no escuro, pois fazia pouco tempo que apagara a luz e minhas pupilas ainda não haviam dilatado totalmente ao conforto da ausência de claridade. Reparei então nos pedaços de afinador jogados por todos os lados e adormeci ao reflexo do pequeno brilho do visor. A sensação foi de ter dormido apenas quinze minutos e o telefone já estava tocando para que todos descêssemos até o saguão do hotel.

Na maioria das vezes, eu dormia e lembrava dos sonhos. Naquela noite pareceu não ter havido sonho. Parecia que eu sequer havia dormido.

No café da manhã, ouvi uma frase rouca vindo da boca do Beto:

— E então, Silverclei, estamos quites?

XXI

Meu Deus, como é difícil abrir os olhos com tanta luz entrando pela fresta da porta. Parece que minhas pálpebras estão coladas ou que uma cãibra toma conta delas. Acho que não dormi bem esta noite, posso sentir pela dor nas costas. É sempre assim, quando fico muito tempo na cama antes de pegar no sono.

A intensidade do sol que entra quarto adentro traz a sensação de que há muito perdi o frescor das primeiras horas da manhã. Preciso levantar pra lavar a cara e escovar os dentes, sem falar que mal posso esperar para retomar o contato com Jordana e encontrar nela um pouco de Helena.

Nossa, que calor que está fazendo aqui dentro, é melhor eu sair logo enquanto esquento um pouco de café. Da varanda posso ver um bom pedaço do oceano, que está com uma tonalidade singular para esta época do ano, parece azul, é azul. Uma chance de observar o encontro dos dois azuis, que aqui quase nunca se encontram. Fico pasmo de ver todas estas combinações da natureza ainda que nesta região ela não seja assim tão generosa.

O céu está cheio de nuvens daquelas bem brancas feito bolas de algodão, mais acima flutua outra camada lisa como traços jogados na tela de um pintor preguiçoso. Não vejo ninguém do lado de lá, aqui fora não está quente como ali dentro e com certeza devo voltar pra servir o café, que já deve estar fervendo. Como é gostoso segurar a xícara quente num dia de inverno. Vou dar a minha caminhada pela praia, já está virando hábito e, depois, é mais uma chance de encontrá-las. Vou colocar a xícara no marco da janela, na volta eu lavo.

Cada passo dado nesta areia batida e justamente neste que é o ponto de equilíbrio entre a terra e o mar, me faz voltar ainda mais para dentro de tudo que me inquieta e me conforta. Existe, desde sempre, um vazio que só é preenchido por coisas ou pessoas ou projetos. Não consigo retomar os momentos de plenitude que em poucos casos me preencheram. Pouco me consola ver este pinguim morto diante de meus olhos acostumados. Não descarto que a morte, para os que a conhecem de verdade, sirva como uma espécie de conforto, abreviando a angústia que sentimos ao enfrentarmos as frustrações de uma vida de sonhos. A certeza da morte exorciza o perigo de nos apaixonarmos demais por nós mesmos. Vem vindo alguém, acho melhor encolher a barriga.

– Bom dia! – fala a senhora que passa.

– Bom dia!

Deixo o pinguim pra trás e sigo costurando a praia na rota que a água deixa na margem. Tento, quase sempre, fugir das placas de piche que estão desde sempre na areia destas praias e que grudam nas solas dos pés feito carrapato, mas acabo chegando em casa com pelo menos uma em cada pé. São pequenas doses de óleo que ficam pelo chão, deixando um rastro de bolas pretas em diferentes tamanhos.

Vou estender um pouco a caminhada para ver se encontro as gurias por aqui. Quando fico assim absolutamente sozinho, aproveito pra pensar em tudo de mais absurdo, tudo de mais improvável. Está difícil não incluí-las nestes devaneios. Elas estão frescas. Sim, o que há de mais novo na minha vida? Afinal de contas, por que vim parar aqui no Pinhal em pleno inverno? Alguma coisa está por acontecer. Claro que eu não faço a mínima ideia do que possa ser. Aqui é um lugar que me faz voltar no tempo e achei que talvez a Helena... Não, a Helena não viria e, se viesse, por uma coincidência colossal, nem mais seria a mesma Helena do trenó de plástico amarelo. Vejo alguém distante...

– Ei! – grito sem ter certeza. – Ei! – grito de novo.

A pessoa não está me ouvindo, vou tentar chegar mais perto.

– Ei!

– Oi, como passou a noite? – perguntou Cássia.

– Tudo bem, e a Jordana onde anda?

– Ela teve que ir até o Ceclimar, em Tramandaí, pra pegar umas amostras de umas plantas que a gente está estudando.

– Legal – falei, balançando a cabeça.

– Desculpa se eu te assustei com aquele papo ontem à noite. Depois eu fiquei pensando que você deve ter me achado uma louca.

É, realmente eu achei ela uma louca com aquele jeito de falar tão desapegado de tudo.

– Não, imagina, não tem nada a ver, tu só tava falando coisas que na verdade a gente não se dá conta.

– Tu acha?

– Claro! Me fala um pouco mais sobre vocês duas. – disse, caminhando ao seu lado na altura das espumas.

– A gente se conheceu na ginástica olímpica da Sogipa com doze anos, ela era demais, ganhava todos os torneios, e eu ficava quase sempre em último.

– E quem foi que teve a ideia de fazer Biologia?

– Ah, essa ideia foi minha. Na verdade, eu entrei um ano antes da Jordana. Ela estava fazendo Nutrição, mas não estava curtindo. Como eu acabei trancando algumas cadeiras, em pouco tempo estávamos juntas de novo.

Eu não disse? É claro que aí tem coisa! Olha só o jeito que ela fala da Jordana. Eu bem que tinha desconfiado que elas só podiam ser namoradas mesmo.

– Viu só quanto pinguim morto na praia? – disse Cássia.

– Pois é, eu tava reparando. Vocês que são biólogas devem ficar bastante tristes com isto.

– É... Por outro lado a gente está acostumada a entender o ciclo natural da vida. O lado importante da seleção natural das espécies e de como a morte pode ser algo importante para todo o processo.

Enquanto a Cássia fala, parece que algo me leva pra longe. Fiquei interessado pela Jordana, acho que transferi toda a expectativa criada em cima da Helena para ela.

Estou agora olhando para o rosto da Cássia e vejo seus movimentos lentos quase como se eu estivesse meio embriagado e uma névoa embaralhasse a visão. Não estou a fim de ouvir os papos dela e acho melhor cortar antes que ela sinta-se à vontade para continuar.

– Bom, eu acho que vou andando. Deixei umas coisas na varanda e não vou facilitar. Tu pretende ficar mais tempo pela praia?

– É, vou dar mais um tempinho. Passa lá mais tarde pra gente tomar outro chimas!

– Legal!

Vou falando e me afastando. Não estou muito longe, encontrei-a bem perto de casa, já na volta da minha caminhada. Neste horário e depois da caminhada dá pra se dizer que fica um pouco quente, apesar da época do ano. Na verdade não deixei nada na varanda além da xícara de café que usei antes de sair. Vou colocar uma toalha na grama e me deitar um pouco.

Daqui vejo aquelas nuvens fofas. É muito bacana deitar-se assim de barriga para cima com o céu de acolchoado e ficar divagando sobre a força da gravidade que nos prende aqui. No caso de sua ausência, provavelmente teria de me agarrar a esta vegetação rasteira para não alçar voo ao espaço. Estou sentindo uma fome daquelas de roncar a barriga. Junto com o ronco sinto uma pequena tontura, como se estivesse bêbado.

XXII

Eu nunca havia ficado bêbado, não lembro bem por que resolvi justo naquele dia ingressar nos mistérios do álcool. Tinha alguma coisa a ver com o Tito, ele já estava meio cansado da minha caretice e ficava me instigando a experimentar de tudo. Comecei com uma cerveja daquelas de latinha. Não senti nada de mais, só o gosto amargo daquela bebida sem graça. Enquanto eu bebia, o Nando contava umas piadas bem divertidas. Nós estávamos no meio da rua e eram mais ou menos umas três e meia da matina. O show há muito já tinha acabado e resolvemos ficar por ali tomando umas antes de voltar para o hotel. Aos poucos fui sentindo que as piadas iam ficando realmente engraçadas, engraçadas demais. Eu já estava na terceira cerveja quando o Tito veio com um copo de plástico branco cheio de gelo e uma bebida cor de chá.

– Experimenta esta! – falou, rindo da minha cara.
– O que é isto?
– É uísque com gelo.

Peguei o copo e não pensei duas vezes, estava mesmo decidido a experimentar de tudo naquela noite. Foram três goles e a ardência foi até o dedão do pé.

– Calma! – esboçou o Tito, já tarde demais.
Nossa, senti o corpo todo queimar como se tivesse me transformado em uma tocha humana. Logo em seguida dei uma gargalhada absolutamente espontânea e exagerada. Que sensação maluca, podia ver tudo com uma profundidade diferente, como se as coisas estivessem dentro de uma lente grande angular e eu estivesse assistindo a tudo de fora.
– Acho que você já bebeu o suficiente – falou o Nando, olhando direto nos meus olhos.
Nunca tinha escutado uma piada tão engraçada. Não conseguia parar de rir e tudo que se falava era hilariante. Todas as gurias que passavam pareciam lindas. Não deu outra, olhei para uma garota que estava parada em frente ao clube e saí em sua direção. O Nando perguntou alguma coisa enquanto eu caminhava convicto, apesar dos aclives e declives de um lugar que depois todos juravam ser perfeitamente plano. A guria se aproximava e eu parecia enxergá-la cada vez mais distante, de repente bati em alguém e quando vi era justamente ela. Olhei bem para a menina, que fazia uma cara nada receptiva, e falei:
– Tu é tri massa! – sem perceber que a minha língua não articulava as palavras claramente.
– O que foi que tu disse? – a menina perguntou.
– Tu é tri massa! – repeti categórico.
Não esperava que ela retribuísse com um sorriso daqueles. A partir dali, as coisas começaram a acontecer com algumas falhas. Por exemplo: sem perceber qualquer trajeto ou conversa preliminar, surgi dentro de um quarto

verde com uma pequena porta tapada por aquelas cortinas de pedrinhas penduradas em barbantes. Senti que estávamos nos tocando e depois já era de manhã. Acordei apavorado com o horário e quando olhei para o lado lá estava ela com a boca aberta e roncando feito uma velha. Dei uma olhada na menina e percebi o quanto a bebida pode alterar os nossos critérios. Não que ela fosse feia, mas que era meio estranha, isso era.

– Acorda! Acorda! Eu preciso achar o hotel. Eles já devem ter ido embora sem mim! – falei para a guria que eu nem lembrava o nome.

A sensação de desorientação era angustiante, sem falar na ardência que vinha da boca do estômago. Uma sede acompanhada de um mal-estar clássico. Saí daquela casa perguntando para cada pessoa que passava indicações para encontrar o hotel. Lá pelas tantas vi o ônibus estacionado numa esquina a mais ou menos três quadras de distância e saí na colada. Quase chegando, avistei o Monteiro que, ao me ver, cruzou os braços e começou a bater o pezinho.

– Pô velho, tu é foda! Tu tem que botar nessa tua cabeça que nem artista tu é e fica aprontando como se fosse. Assim não dá! Que merda! – gritando no meio da rua.

Eu não podia tirar a razão dele, o lance foi que eu me passei mesmo e não adiantava argumentar, tinha que matar no peito. O Tito apareceu na porta do hotel e começou a rir, o desgraçado. Eu fiquei quieto e subi rápido pra pegar as minhas coisas antes que eles fossem embora sem mim. No elevador, encontrei o Nando, que me olhou com uma cara de irmão mais velho insinuando em gestos frases do tipo:

— Eu te avisei...

Entrei no ônibus em meio a uma salva de palmas. Os caras adoravam bater palmas, não só quando a gente fazia alguma coisa bacana como quando alguém cagava tudo como eu naquele dia. O fato de não ser artista piorava em muito minha situação. Um técnico não pode sair por aí aprontando e levando o nome da banda consigo. Eu sabia disso e fiquei bastante apreensivo quanto ao que poderia gerar aquele meu primeiro devaneio alcóolico. Continuei quieto e sentei na última poltrona do ônibus depois de passar pela galera com uma risadinha amarela e gestos de desculpa:

— Foi mal, foi mal — enquanto andava pelo corredor em direção a minha poltrona.

Sentei e fiquei quieto a viagem inteira lembrando, ou melhor, tentando lembrar de cada detalhe da loucura da noite anterior. As imagens chegavam sem muita definição. Aos poucos fui tomando consciência das implicações que aquela atitude causava e que nem por um segundo me ocorreu a ausência da camisinha. Nos anos oitenta realmente não se falava da AIDS como uma ameaça, apesar da doença já ensaiar visitas em pessoas conhecidas, ainda que distantes. Não posso desconsiderar também o fato de ter criado uma relação com aquela menina sem, em nenhum momento, preocupar-me com o que ela estava sentindo. Nem mesmo eu sabia o que sentia além dos efeitos da bebida. Simplesmente me desvencilhei de qualquer responsabilidade e deixei-me levar por uma espécie de hipnose, onde um outro lado da minha personalidade apareceu de sobressalto. Um lado livre que, por ser assim tão livre, fascina. O que há entre o careta e o maluco? Onde está o ponto que divide os dois? Na chegada, desci junto com o Tito e fomos caminhando pelas ruas da cidade que, como sempre, nos esperava vazia.

XXIII

O sabor dos alimentos se altera dependendo do grau de fome em que nos encontramos. Existe um ponto perfeito que fica entre a fome excessiva, aquele estado meio de dormência, e a pouca fome, que repulsa qualquer gosto. Este é o ponto ideal para saborear o mais simples dos pratos. Já estou esperando há quase quinze minutos esta massa alcançar o ponto de cozimento para devorá-la antes que minha fome entre naquele estágio de dormência e perca o preciosismo do paladar. Agora sim está no ponto. Gosto de colocar um pouco de manteiga no fundo da panela depois de despejar a massa no escorredor, assim, na volta, adiciona-se o perfume da manteiga e aí não é necessário mais nada, apesar de nunca dispensar o molho de tomate. Manjericão é tudo, no molho. Vou colocando sempre que adiciono água à fervura, pico as cenouras em pequenos cubos e boto bastante cebola, sem falar nos tomates pelados que aos poucos vão se desmanchando e dando liga a tudo.

Vou sentar lá fora onde a brisa do mar alcança. E de onde também minha visão pode captar coisas mais interessantes do que apenas o interior desta casa-garagem.

Tenho certeza de que se trata da Jordana, está muito longe mas é certo que é ela. Desvio o olhar para o meu pé, que começa a sacudir sem descanso. Tenho esta mania de ficar me sacudindo todo. Provavelmente tem a ver com o sentimento de angústia que crio sendo assim tão precipitado em tudo. Eu mal conheço a Jordana e já estou aqui de campana feito um tira barato daqueles seriados do canal cinco. Existe alguma coisa me incomodando. Tenho sentimentos estranhos a todo momento, como se não fosse exatamente aqui o lugar onde eu deveria estar. Acordo no meio da noite e perco o sono. Com a insônia, vem a sensação de que estou perdido e não encontro o caminho de volta. Por outro lado, quando escuto uma música ou vejo uma flor surgindo de um arbusto esquisito, parece que tudo fica mais calmo e me vem a certeza de que realmente estou no lugar que deveria estar e que as melhores escolhas são, muitas vezes, as mais despretensiosas.

Meu pé não balança mais, e como está deliciosa esta massa. Sinto-me calmo e despreocupado. Só consigo pensar no sabor deste prato que me rouba por completo.

– Ei, você está mesmo com fome, hein? – vindo de Jordana que se aproxima do muro.

– Está servida?

– Obrigada, eu almocei em Tramandaí.

– Encontrei a Cássia na praia e ela me falou que tu tava fazendo uma visita ao Cecli..., alguma coisa assim...

– Ceclimar.

— É, exatamente.

— Hoje à tarde, nós vamos fazer uma busca pela praia, até o Quintão, para procurar umas plantas; se quiser vir junto, acho que vai curtir.

— Claro, eu passo ali um pouco depois das duas.

Certamente o fato de não estar pensando nela contribuiu para que ela surgisse exatamente assim como surgiu. Já posso visualizar os nossos cabelos ao vento desta praia de areia batida enquanto os pássaros nos acompanham com seu voo liso planando no mesmo vento. Posso ver os nossos sorrisos e todos os gestos em câmera lenta. Movimentos leves e românticos espalhados por toda esta imensidão. Mal posso esperar as duas horas, no meu relógio ainda marca meio-dia e vinte. Cada segundo fica gigante com toda essa impaciência e sei que devo desencanar, como fiz há pouco. Falar é fácil.

Pronto, duas e um, vou tomar cuidado com o muro desta vez.

— E aí, vamos nessa? — pergunto, assim que chego perto da porta, depois de pular o muro com sucesso.

— A gente desistiu — na voz rouca de Cássia.

— Que engraçado. Na verdade, eu vim pra dizer que estou mesmo indisposto — falei com uma *performance* nada convincente, após levar o bolo.

— Que bom. A gente resolveu estudar umas plantas que foram coletadas na semana passada. Vamos ficar por aqui. Depois a gente se fala então — disse Cássia, sem dar muito papo.

— Beleza!

Volto o olhar para o muro e apresso o passo para conseguir pular sem precisar apoiar as mãos no parapeito. A minha corrida está perfeitamente compassada para que eu coloque o pé direito como apoio final. É agora...

XXIV

Ficamos esperando o Tito por pelo menos duas horas. Ele era louco, mas não para tanto. Sempre que se atrasava, sabíamos que passada uma hora ele apareceria agarrado ao Preto e se arrastando pela calçada. Naquele dia, já tínhamos esperado por mais de duas horas, sem nem sinal dele.

– Eu vou até lá trazer esse cara pelos cabelos – falou o Monteiro aos gritos, saindo pelo portão.

Era uma manhã de sexta-feira e estávamos nos preparando para o nosso primeiro show em São Paulo. O tempo passava lento em frente àquela casa de janelas longas sem que tivéssemos a menor noção do que estaria acontecendo com ele. Passada a terceira hora de espera, Nando montou na sua CB400 e saiu sem dizer uma palavra. À medida que o tempo ia passando a apreensão aumentava e a impossibilidade de cumprir o compromisso também. O telefone celular ainda não existia e o Tito não tinha nem uma linha fixa em casa. Quanto mais passava o tempo, mais nos aproximávamos do aparelho bege com o discador transparente que permaneceu mudo a cada instante daquelas três horas e meia de angústia.

Trim!!!!!

Não precisou mais que apenas um toque para que todos voassem com as mãos no telefone.
— Fala! — disse Beto, numa entonação quase muda.
À sua volta, aguardávamos cada aceno sem piscar.
— E aí, Beto, qual é?
— Ele está no Mãe de Deus.
Não é preciso ser nenhum tipo de especialista para entender que se tratava de um hospital, ou de um cemitério.
— É hospital ou cemitério? — perguntou Preto apavorado.
— É aquele hospital que fica perto do Beira-Rio.
Olhamos para o motorista do ônibus e pedimos para que nos levasse até lá com toda aquela tralha da banda, já esquecendo da viagem que nos esperava.
Na chegada, encontramos o Monteiro brigando com a recepcionista.
— É um absurdo vocês me tratarem desse jeito!! Ele é meu artista!
O Monteiro, como sempre, estava arrumando confusão, não importava se era em um hospital ou em um boteco no meio da estrada.
— Calma, Urtiga, calma! Chega aqui e nos conta o que é que aconteceu — falou o Beto, puxando-o para perto da gente.
— Agora eu até já tô mais calmo — falou o Monteiro, bufando.
— Então conta o que aconteceu.
— Eu cheguei lá e ele estava tendo convulsões sem que eu pudesse abrir a porta. Só ouvia os gemidos e o

barulho de algumas coisas caindo. Gritei, sem que ele fizesse nada, então me joguei com tudo contra a porta e lá estava ele no chão. Se eu chego dois minutos depois ele já teria sufocado com a própria língua, foi foda!!

– Tinha alguma coisa lá? – perguntou o Beto.

– Ele estava do lado de uma montanha de coca, o cara viajou. Ele se jogou numa over mesmo.

Eu apenas observava sem fazer um só comentário. Estávamos na iminência de nossa primeira viagem para o centro do país, algo que esperávamos desde o primeiro show. E, como se não bastasse, vivíamos o dilema de como avisar a família, que não aprovava sua vida de músico, deixando sempre claro que aquilo não era profissão.

– Vai, Silverclei! Toma aqui umas fichas telefônicas e liga pra família dele. Pra ti que é de fora vai ser mais fácil desdobrar essa.

Não acreditei, fiquei mudo e apanhei as fichas.

– Mas o que é que eu digo?

– O que é que ele diz, Urtiga? – perguntou o Beto, olhando para o Monteiro e já aproveitando para saber como o Tito realmente estava.

– Diz que ele teve uma reação alérgica e está no hospital, mas não é nada grave.

Coloquei as fichas no bolso e saí pela calçada, contando cada passo à procura de um orelhão. Na verdade, me fiz de tonto ao sair logo sem perguntar se o hospital possuía um, o que era mais que provável. Caminhando buscava no ritmo da rua a força para ligar, olhava a naturalidade das pessoas caminhando incógnitas e a cadência dos carros coloridos sem encontrar uma explicação coerente para tudo o que estava rolando. O Tito andava sinalizando que algo não andava bem, mas assim era demais. É muito assustador o que pode existir dentro da cabeça de alguém que pensamos conhecer. Pensei que já o conhecia e que ele não deixaria a coisa chegar nesse ponto. Acabo achando que quanto mais perto chegamos de uma uma conclusão sobre alguém, mais próximos estamos de nos surpreendermos.

– Alô! – a ligação estava uma merda.

– Sim, quem fala? – a voz de uma senhora simpática.

– Aqui é o *roadie* da banda do seu filho.

– Ah, você deve estar querendo falar com a Irinia. Ela não está.

– É que ele está no hospital.

– Irinia!!! – gritou a mulher que fazia poucos instantes havia dito que ela não estava.

– Alô, o que aconteceu? – perguntou, nervosa.

– Não é nada grave, foi uma reação alérgica.

– Onde ele está?

– No Mãe de Deus.

– Já estou indo.

Desliguei o telefone aliviado. Quando criança, passava dias angustiado com coisas deste tipo. Tarefas designadas por minha mãe e das quais eu não tinha como fugir. Normalmente eram coisas simples, como ir ao Banco. Eu tinha medo de me relacionar com pessoas estranhas como aquela gerente gorda do Banrisul. O certo é que eu sempre acabava realizando as tarefas com sucesso e ao final me sentia bem. Na minha imaginação tudo era muito mais complicado do que na realidade, apesar de, naquele dia, estarmos frente a frente com um problema de implicações inimagináveis.

XXV

Preciso lembrar disto, preciso lembrar que as coisas são mais fáceis do que a minha cabeça maluca pensa. A raiva acabou me trazendo a lembrança da internação do Tito, uma coisa ruim. Tenho que elevar minhas vibrações, não posso me deixar levar por toda essa inconformidade. Parece até que quanto mais eu tento, mais eu avalizo minhas condições, e assim vou em direção contrária. Vou respirar fundo e procurar algum pássaro solto no céu. Lá está a gaivota que sempre voa por aqui indo em direção à beira da praia. Vou também, vou procurar um ponto de equilíbrio. O gramado está começando a ficar alto e cortá-lo pode se tornar uma ocupação bem interessante nesses dias de autoterapia.

Já posso pisar a areia batida desta imensidão e realmente começo a sentir-me mais calmo. Eu já estava lá naquele passeio com a Jordana. Estava tanto, que já o tinha incluído em minhas memórias como se realmente tivesse acontecido. Nós com os cabelos ao vento e sorrisos soltos, olhares sinceros e alguns carinhos, num namoro que nos fazia flutuar na plenitude e na segurança de controlarmos cada movimento. Esta é a lembrança que quero levar, diferente da realidade, que não passou de uma desculpa furada sem a menor consideração. Oposto do voo, o peso do corpo nos crava nesse chão batido. A realidade não é segura se, às vezes, não transcendermos os fatos e nos permitirmos sonhar com o que nos é apropriado. O medo de ficar só faz com que a gente se isole na tentativa de aprender a conviver com a solidão. Alguns dizem que conseguem, outros falam a verdade. Já não sei exatamente há quanto tempo estou neste devaneio introspectivo no Pinhal e o certo é que ainda não encontrei o que procuro. É verdade que não sei do que se trata. Uma concha, um amor, uma pessoa que está perdida dentro desta outra que fala e não para. Vou voltar para casa, já estou calmo e nem parece que ainda guardo um certo rancor do bolo que tomei das gurias. Daqui vejo, por trás dos pequenos cômoros, o telhado da nossa garagem que fica parcialmente coberto pela casa da Helena. Vou passar reto sem fazer qualquer menção de olhar para dentro. Cada passo diante desta casa me faz perceber tudo de forma diferente. Como se aqui existisse uma espécie de magnetismo e eu estivesse envolvido por ele. Já estou próximo do portão que divide o gramado da calçada e ainda permaneço com o olhar firme para o alvo de cada nova pegada que me guia nessa travessia onde volto para o estado de onde saí. Aqui, perto delas, pareço ter perdido a calma que conquistei ainda há pouco. Vou dar uma pequena olhada já que estou dentro do meu pátio e só me restam uns dois passos para que a janela saia totalmente do meu raio de visão. Não vejo nada mas escuto uma música vindo da sala onde elas estavam quando saí para caminhar na praia. Ela não possui letra e

não me lembro de tê-la ouvido antes. Aos poucos a música vai tomando os meus sentidos e começo a retomar a calma que conquistei no passeio. Os acordes, o ritmo, a melodia, traduzem alguma coisa perdida e preciosa como a própria felicidade. Fico hipnotizado, parado em frente ao muro branco que divide os nossos terrenos, apenas passeando no devaneio que a música me leva...
— Onde tu andou?
Surge numa voz descolada da melodia instrumental que rolava.
— Eu fui dar uma volta na praia pra espairecer um pouco.
— Tu ficou chateado com o lance da gente desistir do passeio? — falou Jordana, escorada no muro.
— Pra dizer a verdade, eu fiquei sim.
— Eu sabia, a Cássia insistiu que tu não iria dar bola.
— Deixa pra lá, eu já tô legal. Que som é esse que tá rolando aí?
— Ah! É um som do Baden Powell. Tu curtiu?
— Tô curtindo.
— Desculpa o bolo, eu me deixei levar pela pilha da Cássia.
— Não dá nada e, depois, não é assim tão grave. Vocês apenas desistiram.
— Tu não quer entrar um pouco?
— Não, acho que vou fazer um café e pegar alguma coisa para ler, faz tempo que eu não leio nada. Se você quiser aparecer mais tarde, estarei na rede.

— Tá bom, eu vou dar mais uma estudada e depois apareço pra gente jogar uma conversa fora.

Aos poucos ela se vai em direção àquele som impressionante que vem de trás daquelas paredes. Eu recuperei a autoestima que havia perdido pouco antes de sair em direção à praia atrás daquele pássaro. Vou entrar e preparar o café, para que o crepúsculo não me pegue desprovido de uma energia sobressalente. Continuo com aquela música na cabeça. O clima, a calma, o movimento, a sensação de se transportar para um lugar onde só existe a música. Um mundo ilustre, no qual somos apenas personagens de uma trilha definitiva que conduz a nossa história. Já não sinto mais o desconforto e posso pensar no que virá nos próximos minutos, sem aquela sensação de querer estar em outro lugar. A casa está uma bagunça. Não sei a quanto tempo estou por aqui sem dobrar as camisetas que visto para dormir. Vou jogando cada uma num canto e com o passar do tempo fica tudo espalhado sem nenhum critério.

Será que não seria o momento de dar o bolo nela? Que vontade que dá de me vingar. Não ir até a rede, ficar trancado aqui dentro só olhando ela aparecer e não me encontrar. Que bobagem, como eu sou infantil. Eu sei que a atitude correta é permanecer sereno e inabalado diante de qualquer bolo, recebê-la na rede e conversar sobre assuntos filosóficos, demostrando a minha maturidade e o meu desprendimento. Um cara seguro, acima de qualquer coisa. Como é difícil trazer para a prática as teorias que, quase sempre, são sabotadas pelos meus sentimentos.

O sentimento se desprende da gente como se tivesse vida própria e nos trai, desmascarando quem realmente somos. Meu Deus, que viagem! Vou para a rede e me comportarei como um cara maduro. Onde está meu relógio para saber se já está na hora de esperá-la? Nove e meia. Nossa, já está até tarde. Na varanda tem uma brisinha que vem do oeste e que lá na água deve estar fazendo aquela cortina no lip das ondas. Daqui, posso ouvi-las cantando sem parar.

Será que ela não vai aparecer? Acho melhor entrar e me esconder antes que fique caracterizado que tomei outro bolo. Vou ficar...

XXVI

Olharam pra mim e disseram:
— Pega a guitarra e toca.
Fiquei absolutamente atônito. Não conseguia mover um músculo e a plateia já estava ansiosa demais para que eu tivesse qualquer "piripaque" naquele momento. Na verdade, eu sabia todas as músicas, mas nunca tinha encarado uma plateia com a guitarra em punho. Uma guitarra, não um violão Trovador, destes que a gente encontra em qualquer escola estadual. Uma Stratocaster 68 Americana com o adesivo do Van Halen ligada aos pedais que eu sempre montava com o maior cuidado: um *Tube Screamer* e um *Wah Cry Baby*, sem falar no JCM. Do palco podia ver cada rosto e seus olhares brilhantes. Admiração era exatamente o que emanava daqueles sorrisos que me levavam adiante na loucura daquela *performance* inesperada.
— Pega a guitarra e toca!! – já gritava o Monteiro.
Quando dei a primeira palhetada não acreditei na pressão que veio em minha direção. Eu só afinava a guitarra, nunca tinha tocado pra valer. Nunca tinha sentido o volume que vem da soma dos instrumentos e dos monitores no palco. Depois da primeira música tudo passou

voando e, como num piscar de olhos, estava no camarim conversando com todos que me cumprimentavam. Do meio dos fãs surgiu o Monteiro:

— Parabéns! Foi muito bom mesmo, mas não esquece que tu ainda tem que desmontar tudo.

Caí na real e corri de volta pro palco que fazia pouco eu havia abandonado, como fazem os artistas, sem me preocupar com aquela pilha de equipamentos que não se desmonta nem se protege sozinha. Apesar da alegria que me tomava por aquela estreia alucinante e inesperada, desmontei tudo lembrando sempre da razão que tinha me levado até lá. O Tito simplesmente sumira quinze minutos antes de começar o show, sem nenhuma explicação. À medida que ia colocando os pedais um por um na pedaleira lembrava, com medo, das possibilidades que cercavam o desaparecimento daquele maluco que aos poucos se destruía mais e mais. De repente, ouvi um grito vindo do camarim enquanto eu começava a arrastar o case do amplificador:

— Achei! — gritou o Monteiro.

Logo todos correram em direção a ele, inclusive eu, deixando os equipamentos do jeito que estavam.

— Fala, Urtiga. Onde tá ele? — perguntou o Preto, apavorado.

— O filho da mãe se meteu numa confusão e foi parar na delegacia! Vê se dá pra acreditar nessa?

— Mas onde é que ele tá??

— Tá vindo pra cá, ele ligou de lá assim que a coisa se acalmou.

Relaxei depois de ouvir a notícia e relembrei, agora com mais gosto, do show que acabara de fazer como guitarrista e que não se justificava por nenhuma tragédia. Podia sentir na pele a sensação que havia pouco tomava conta de tudo a minha volta. Os gritos, a pressão que o baixo manda junto com o bumbo e o grave da guitarra. Cada vez que eu palhetava parecia que o som massageava meu corpo amortecido pela adrena. Depois de saber que o Tito estava bem, deixei que toda aquela tensão anterior, inclusive a do próprio show, se fosse. Fiquei apenas com o prazer da lembrança recente e viajei regressando em cada instante, sem perder nada. Cada detalhe daquelas duas horas me fazia permanecer lá...

– Vamo carregá ô não vamo!? Porra!!!

Aquele grito quase me matou do coração. Voltei o olhar, que tinha se perdido, para aquela pilha de equipamentos recostados ao lado do praticável e retomei o trabalho. Alguma coisa mudou definitivamente em mim naquele dia. Olhei pra dentro do ônibus e lá estava ele com aquela cara de cachorro pidão. Tito não iria mudar nunca. No olhar dele tinha uma expressão que traduzia um sentimento *comum* de impotência diante das tentações da vida. Algo como uma postura conceitual de comportamento onde não existe espaço para argumentações, tal qual um quadro abstrato onde não se encontra sentido além da proposta estética da própria obra. A vida dele era assim, sem respeitar o que chamamos correto e lutamos com unhas e dentes por medo do que virá a seguir. Para mim, aquilo representava uma mudança brusca no que viria a seguir para minha vida. Decidi naquele momento que não seria mais um *roadie*. O meu lugar teria de ser no palco, como eles, sentindo aquilo que não deviam ter me deixado experimentar. A droga mais viciante de todas, que naquele momento já mostrava em mim os primeiros sinais de abstinência.

Na viagem, continuei recebendo os cumprimentos de todos. O Alcinho foi o que me fez a maior surpresa, tirando do bolso uma fita com o show daquela noite gravado com um *tape-deck* do som mecânico. Se eu precisava de um último sinal, pode ter certeza que para mim era aquele. Na verdade essa história de sinal foi ainda mais longe. Não exagero ao dizer que sempre fui supersticioso. Naquela noite tive um dos meus ataques de superstição, desses bem bestas. Por vezes tenho esses ataques. Passo apressado por algo, como uma pequena pedra no chão, e resolvo achar que se eu não voltar, pegar a pedra e, por exemplo, movê-la quinze centímetros para a direita, tudo estará amaldiçoado na minha vida. É realmente bizarra essa voz que assopra discrepâncias no meu ouvido. O fato é que nunca a desobedeço. Naquele dia não foi diferente.

Assim que o Alcinho me entregou a fita, a maldita voz veio me assoprar que se eu não encontrasse um aparelho para escutar o show, os meus dias de *rock-star* estariam contados. Cautelosamente comecei a pesquisa, sem resultado. Primeiro perguntei pro Preto que rapidamente respondeu "não". Fui até o Tito e quando cheguei perto vi que ele já estava novamente desmaiado. Foi aí que o Nando gritou:

– Vai na minha mochila que lá tem!

Corri para onde ele havia indicado e sem muita paciência revirei as coisas até encontrar. Minha carreira estava salva. Corri para a poltrona, coloquei a fita com cuidado e apertei o play... nada. Nem sinal do menor ruído. Abri o pequeno compartimento que acomoda as pilhas e lá estava aquele imenso espaço vazio. Inacreditável, mas estava novamente na estaca zero. Recuperei a calma e recorri à minha última alternativa: o motorista. Ao chegar na cabina, já notei o *tape-deck* estampado no painel ao lado do emblema da Mercedes. Que alívio, era só colocar a fita e ali estava cumprida a promessa. Dali, enquanto me familiarizava com o aparelho, podia ver a estrada de frente chegando como a correnteza de um rio sempre na mesma direção, com suas intersecções hipnóticas. Não preguei o olho um segundo sequer e nunca sonhei tanto quanto naquela noite. A viagem durou mais de três horas, e assim que eu comecei a decorar cada grito da plateia, estávamos de volta a uma Porto Alegre completamente diferente. Basta que a gente mude um pouco dentro de si, para que tudo a nossa volta se transforme. Eu sabia que não voltaria a viajar com eles novamente, o que me deixava triste. Disse tchau para todos sem contar o que se passava. Depois, numa ocasião mais apropriada, eu explicaria tudo, em nome da consideração que tinha por eles. Em casa dormi até depois do meio-dia e, ao acordar, fui direto para o meu "três em um" escutar a fita do show da noite passada.

XXVII

Outro dia. Será mesmo hoje outro dia ou todos os dias são na verdade o mesmo? O que me reserva o dia de hoje? Não estou com a mínima vontade de sair da cama apesar do sol que já entra pela fresta e me deixa com este sentimento de culpa. Daqui, vejo o tronco que fecha as portas da garagem, como aqueles dos portões de castelo, atravessados e sustentados por encaixes de ferro. Interessante como uma coisa leva a outra; olhando para este tronco, lembro de tudo que vi sobre castelos, igrejas e até mesmo garagens. A associação cognitiva acaba sendo a chave para a coerência de todas as coisas. Algo além do simples instinto primitivo, que talvez me forçasse a levantar por fome. Pensar que hoje é outro dia, ou não, remete meu pensamento ao papo de ontem e por consequência me traz forças para sair da cama, apesar do meu desânimo.

Na rua não há pássaros cantando e o cachorro do vizinho está latindo para sua própria sombra, que o persegue sempre que o sol está assim tão forte. Estou indo em direção à praia para mais uma caminhada matinal. A luz agora está perfeita, posso ver até a bandeira do navio mais distante com toda essa visibilidade. Aqui na praia já escuto o canto das gaivotas que, como sempre, passam frenéticas em bandos. A cada pegada um devaneio, uma indagação, a sensação de que esqueci algo. Não é preciso dizer que tenho essa sensação o tempo todo, não só com relação aos fatos da vida, como com qualquer objeto que carregue. "Chaves", por exemplo. É raro sair de qualquer lugar sem ter que voltar pra apanhar o molho de chaves esquecido. Agora, com esta história de celular, então... Falando nisso, onde anda o meu celular? Por que não estou com ele na praia? Deixa pra lá...

Vou voltando para casa pelo caminho de dentro, passando pelo pequeno centrinho, onde passeava com Helena. No inverno, o centro fica ainda mais ínfimo, quase não dá para notar que passo por ele. Está praticamente tudo fechado.

Adorei a caminhada e, já que estou numa boa, vou bater na casa das gurias pra ver o que rola. Não pularei o muro, entrarei pelo portão da frente pra evitar qualquer percalço...

– Tem alguém em casa?!

Silêncio...

Vou tentar mais uma única vez.

– Já vai! – ouvi, antes mesmo que eu empostasse o próximo grito. – Entra aí!

Entrei, sentindo que não me recebiam mais como um estranho.

– Senta aí que a gente está estudando.

– Eu não quero incomodar, volto mais tarde.

— Nós estávamos pensando em assar um peixe hoje à noite, fazer uma espécie de luau. O que tu acha?
— Alguma comemoração especial?
— Não. Precisa?
— Imagina, é uma ótima ideia. A que horas vocês estavam pensando?
— Umas oito e meia.
— O.k., pode deixar que eu trago o peixe.

Essa vai ser demais. Já estou vendo a gente como naqueles filmes do Elvis, com aqueles colares de flores no pescoço e aquela orquestra, que vinha do além, fazendo o fundo musical. Quando deliro, não consigo ficar sem me perder no devaneio. Vou dar uma volta pelas "Dunas da Lagoa" pra fazer com que o tempo passe mais rápido.

Caminho nessas pequenas estradas de areia batida lembrando de cada segundo passado ao longo destes trajetos. O caminho para as Dunas era feito duas ou três vezes por veraneio e era normalmente ao cair da tarde, quando o sol já estava mais fraco. Nesta época do ano, não é preciso esperar tanto, até porque o sol cai rápido e o dia fica bem mais curto. No cenário cinza das praias do Rio Grande se esconde uma beleza única, que talvez seja vista apenas pelos que nelas cresceram e nelas depositaram o amanhecer deste passeio rápido pela vida. Olho pro topo das dunas e enxergo muito mais do que somente a beleza estética dessa areia branca e fina com o céu carregado ao fundo. Enxergo, na verdade, um imenso espelho que reflete um eu distante do que caminha aqui agora, na base deste cômoro. Sinto falta de uma parte minha que está perdida em algum ponto e que talvez tenha sido a razão da minha vinda para cá. Como é difícil subir a primeira duna afundando os pés nesta areia fofa e apenas morna pelo sol brando do inverno. Daqui de cima posso ver a cidade, que agora já não é assim tão pequena. Vejo também o mar com sua magnitude e seus tons de marrom, cinza e azul. Do outro lado está a lagoa. É preciso atravessar uns vinte cômoros para chegar até lá. Claro que ir até a lagoa era uma aventura bem mais esporádica. Hoje, por exemplo, não passarei além do segundo cômoro. A propósito, acho que já é hora de ir retomando o caminho de casa. Ainda preciso passar no Taim para comprar peixe.

Vou levar duas anchovas. Tenho mesmo mania de exagerar um pouco quando o assunto é comida, mas prefiro pecar por excesso do que por falta. Não existe nada pior do que encarar aqueles rostos insatisfeitos ao final de uma refeição. Anchovas com alcaparras em homenagem ao meu irmão que as prepara tão bem. Primeiro faço um molho com azeite de oliva e shoyu, depois abro o peixe e coloco as alcaparras, então fecho bem e cubro com papel-alumínio, para que não desmanche, pois está sem escamas. Uma grelha e um fogo de chão. Como estamos no inverno, não posso esquecer o vinho. Só espero que elas não inventem de querer tomar chimarrão à noite. Dito e feito, lá estão elas com a cuia na mão.

– Vocês não largam este chimas por nada, hein?! – grito, enquanto chego com as compras na mão.

– É claro, com este frio. Quer ajuda? – Jordana pergunta, já se aproximando.

Aceito, pela comodidade e para ficar um pouco mais na sua companhia.

— A gente já está acabando de estudar, se você quiser vir mais cedo acho que será uma boa, assim nós já definimos onde vamos ficar.

— Que tal na beira da praia?

— Tu tá loco! Com este frio?

— É verdade. Quem sabe no gramado da minha casa, ou melhor, da garagem.

— É bem protegido mesmo, tá legal.

— Bom, neste caso, vocês é que são minhas convidadas.

— Com prazer...

— Então tá combinado. Espero vocês às sete e meia, enquanto isso vou preparando o molho pra temperar o peixe.

A noite está bem aberta e aqui no pátio é bem mais agradável. Na beira da praia o nordestão não nos deixaria conversar. No gramado será perfeito...

Sete e vinte e quatro... sete e vinte e cinco... sete e vinte e seis... sete e vinte sete... sete e vinte e oito...

— E aí, cara!!! – falou a Cássia, me surpreendendo ao pular o muro dois minutos antes do previsto.

— Fala, guria!!!

— Precisa de alguma ajuda?

— Tu podia preparar a salada enquanto eu ajeito o fogo de chão.

Vou juntar os gravetos bem no meio do pátio e colocar carvão pra garantir o fogo e evitar o mico. Em pleno período pós-moderno, o cara não conseguir fazer fogo é pra matar.

— E a Jordana? — grito do pátio para a Cássia, que prepara a salada.

— Minhas orelhas estão queimando — ouço a voz distorcida pelo esforço de pular o muro lentamente. — Me ajuda aqui!

O molho tem de ser preparado antes, para que o peixe o absorva. O fogo já está forte e é bom ficar olhando pra ele enquanto o peixe vai dourando na grelha.

— Cássia! Como está a salada?

— Já está pronta!

— Vem pra cá! Aqui na frente do fogo está ótimo!

— Dá pra ver, vocês parecem hipnotizados — disse Cássia, chegando.

— Já pensaram que a nossa herança genética traz muito mais o homem primitivo do que qualquer outra coisa e que ficar aqui olhando pro fogo é uma espécie de conexão com o que a gente é na verdade? — falo, realmente hipnotizado.

— Eu nunca tinha olhado para o fogo desse jeito. E tu, Jordana?

— Pra mim o fogo esquenta e com esse frio não precisa muito pra gente ter mais do que uma conexão, dá até vontade de me jogar aí dentro — disse, com um sorriso congelado.

Por alguns instantes ficamos calados sem que se escute mais do que apenas o barulho das mãos no vai e vem da busca pelo calor do fogo. Nos olhos de Jordana estão os reflexos das chamas que, em algumas labaredas, atingem quase meio metro de altura, além de um mistério fascinante. Preciso alcançá-la, trazê-la para perto de mim. Ela parece tão pensativa...

— Tu quer falar alguma coisa, Jordana?

— Deixa pra lá...

— Fala, guria! – disse Cássia.

— Aquela pessoa que tu esperava encontrar aqui na praia, como era mesmo o nome dela? – falou Jordana com uma curiosidade estranha.

— Helena. A gente cresceu veraneando aqui no Pinhal, se escondendo nos labirintos da "casa-navio", que mais tarde foi incendiada por um grupo de vândalos.

— Nossa!!

— Tudo bem. Eu era apaixonado por ela e tinha a esperança de encontrá-la nesta vinda surpresa. Olha só que bobagem! Nem a casa existe mais...

— Tu nunca mais falou com ela?

— Não consigo lembrar exatamente quando foi que eu perdi o contato com a Helena, mas tenho essa impressão descabida de que vim pra cá para reencontrá-la. Isso é a maior bobagem! O que te deu pra perguntar sobre a Helena?

— Nada, eu e a Cássia tínhamos uma amiga chamada Helena. Não é, Cássia?

— Ela era mais tua amiga do que minha – falou, sem dar muita bola.

— Ela era casada com um músico... É melhor a gente mudar de assunto.

— Por quê? Fale mais sobre ela – pedi, mudando o foco da minha hipnose.

— Eu nem gosto de lembrar muito dessa história, ela estava no auge da vida e era apaixonada pelo marido, que foi, na verdade, seu primeiro namorado e que também era apaixonado por ela. Eu não o conheci, mas do jeito que ela falava dava pra sacar que os dois eram grudados. Um dia, o cara chegou em casa e encontrou a Helena na banheira com os pulsos cortados. Os comentários foram de que ele surtou e ficou internado um tempo. Eu não gosto de lembrar dessa história. Esse peixe fica pronto ou não fica?

— Calma. A gente colocou há pouco. Tem que esperar pelo menos meia hora. Mas me conta quando foi essa história.

— Já faz mais de um ano.

— Nossa!!

— Dizem que na real ela sofria de depressão, mas que disfarçava muito bem e que vivia na base de remédios – disse a Cássia, já se envolvendo no assunto.

— Helena é um nome lindo, vamos falar da tua Helena, acho que será bem mais agradável – falou Jordana, amaciando o tom de voz.

— Não lembro mais do que te falei – disse, para encerrar o assunto.

Volto o olhar para o peixe que assa na grelha e deixo que o tempo passe sem pressa enquanto mexo, com um pequeno galho, a lenha misturada com carvão aos estalos do fogo. Que engraçado, estou fazendo fogo bem onde ficava a nossa antiga casa, justamente levada pelo fogo. Um fogo menor, mas não menos intenso do que o que consumiu o nosso antigo cenário.

— Por que tu tá tão distante? — falou Jordana, no auge do meu devaneio.

— Estou só olhando pro fogo e lembrando da história que falei sobre nossos parentes de Neanderthal. Da época em que ficávamos em volta do fogo e não tínhamos toda essa pretensão de entender o universo.

— Que filosofada hein, meu! — disse Cássia, debochada.

— Acho que agora já bateu meia hora — falou Jordana.

É, acho mesmo que o peixe já deve estar no ponto. Agora vem o momento da operação mais delicada; tirar o papel-alumínio para que dê uma última tostada.

— A salada já está na mão, Cássia?

— Eu trago em um segundo — disse a Cássia, saindo em direção à garagem.

O peixe está uma delícia, o problema é que esfria logo, mesmo com o calor do fogo é difícil manter a quentura com esta brisa congelante.

— Está mesmo muito bom este peixe — falou a Cássia com a boca cheia e comendo com as mãos.

Jordana balança a cabeça enquanto eu olho para ela com um olhar intrigado.

— Tu ficou impressionado com a história que eu te contei, né? — falou a Jordana com um cálice de vinho na mão.

– É mesmo uma história e tanto. Não tem como não impressionar.

– Eu só falo disso numa boa porque já faz um tempo.

– Falando em tempo, até quando vocês vão ficar por aqui?

– Nós estávamos mesmo querendo aproveitar esta solenidade pra te falar que vamos ficar só mais dois dias e depois nos mandamos para Porto Alegre.

– Vocês vão me deixar sozinho aqui neste fim de mundo?

– Vem com a gente, não sei mesmo o que tu vai continuar fazendo por aqui. Tá te escondendo? – disse Cássia.

– Vou pensar, mas acho que vou dar mais um tempo pra continuar minha viagem introspectiva em busca de não sei o quê.

– Cuidado pra não exagerar, tu é um cara bacana, não sei o que mais tu pode querer.

– Obrigado, mas acho que preciso ficar um pouco mais.

O fogo está quase só na brasa e já é hora de ir para a cama. Uma sonolência involuntária espreita a menor das intenções e as duas já começam a recolher os pratos. Eu permaneço com o olhar hipnotizado em direção aos restos do carvão que ainda arde e vou, aos poucos, tomando coragem de me afastar da temperatura acolhedora daquela roda.

— Deixem aí que eu cuido disso – falo, sem encontrar resistência.

Está mesmo muito tarde e não vou precisar de todo aquele esforço para encontrar o caminho do sono.

— Até amanhã!

— Até – com apenas um beijo de cada uma.

Joguei a louça na pia e não pretendo tirar mais do que apenas o sapato para deitar-me na cama. Já estão apagadas as luzes da rua e daqui vejo a fumaça cinza subindo da brasa que deixamos no meio do pátio. A cama demora para absorver o calor que se esvai do meu corpo, mas não chego a me importar, de fato, já estou mais pra lá do que pra cá...

...sinto um nervosismo e meus batimentos cardíacos aceleram progressivamente. Está tudo escuro e parece que não paro de seguir adiante sem a menor noção do destino que me espera ou da razão que me leva até ele. Sei que estou com muito medo e mesmo assim não paro. Aos poucos as imagens vão tomando forma e já começo a identificar as paredes do apartamento com seus adornos no teto. O silêncio é absoluto e não existe nada pior do que este silêncio todo, para que meus batimentos pareçam ainda mais fortes e acelerados. Está quente, muito quente e uma bruma vinda do quarto de banho embaça todos os vidros do ambiente em que me encontro. Coloco a mão na porta do banheiro, ao final do corredor. Lentamente inicio a sua abertura, já prevendo o que existe do lado de dentro. A névoa está em todo apartamento e principalmente ali naquela peça onde a água escorre pelas paredes. Antes que possa ver a cena com mais clareza, escuto o estrondo de uma gaivota que se estatela no vidro da janela ao lado da cama, me trazendo de volta.

– Crash!!

Nossa, estou todo suado e as cobertas estão jogadas no chão. O sol já entra pela garagem e aquece um pouco o frio gélido que atravessou a madrugada mas que não impediu o calor infernal do sonho desta noite. Minha visão está sensível a toda esta claridade, mas preciso levantar para fazer um café e ver o que houve com o pobre pássaro.

Não o vejo, ele deve ter batido com pouca força e provavelmente já está planando na beira da praia. Ainda estou impressionado mas preciso retomar o ânimo para organizar esta bagunça.

XXVIII

Se eu estava esperando uma situação especial para despedir-me da banda, aquela não podia ser melhor. Combinamos de fazer um churrasco-ensaio onde eu participaria. Eles sempre ensaiavam enquanto assavam uma carne, era sagrado. Por muitas vezes estive lá apenas para montar e desmontar os equipamentos, sem me envolver nos papos que iam muito além da montagem dos cabos e pedais. Naquele dia seria diferente. Eu mal podia esperar para voltar, levando a guitarra verde que comprara com a grana dos cachês de *roadie*.

Cheguei, como sempre, dez minutos antes do horário marcado e fui direto para a peça que ficava nos fundos, onde eles ensaiavam. Liguei a guitarra e saí detonando o volume. Assim que o Nando chegou, estacionando sua CB com uma freada em frente ao portão, sentou na batera e começou a me acompanhar. Foi demais! É claro que com aquele barulho todo os outros não ficariam de fora e em pouco tempo estávamos todos levando a maior sonzera. Cada acorde que saía daquela "Jam" me incentivava mais a manter minha decisão. Deles eu sentia a mesma coisa, uma vontade de que eu seguisse meu caminho como músico. À medida que tocávamos, mais eu sentia o quanto a música era mesmo o que eu queria. O som que saía dali não respeitava qualquer diferença ou divergência de quem o estivesse tocando. Naquele momento o meu delírio platônico, os problemas do Tito ou qualquer coisa que representasse o menor mal-entendido, estaria ali, pela música, solucionado. Vícios e virtudes davam espaço para uma linguagem universal e sem barreiras que fluía contagiando quem passasse perto daquela pequena peça. Na magia da música não precisávamos mais do que apenas um olhar para que modulássemos a harmonia sem perder nenhum acorde e continuássemos assim até que os dedos sinalizassem o inevitável cansaço. O estômago também já estava começando a roncar quando o Nando se pronunciou:

— Acho que já dá pra gente provar a carne — escorando o baixo na sua caixa Duovox.

Larguei minha guitarra verde e recebi um abraço caloroso do Tito, coberto pelas palavras que eu esperava escutar:

— Tu tá tocando pra caralho!
— Que nada!
— E a carne, hein? — falou o Preto, que ao mesmo tempo piscava de canto de olho para o Nando.
— Vamo nessa, Silverclei! A carne já está no ponto.

Aos poucos fomos saindo em direção ao pátio para encher a pança e, à medida que me aproximava, sentia algo no ar além do perfume da picanha que já tomava conta de todo o quarteirão. Ali tinha coisa. Eu ainda estava sob o efeito da excitação de ter participado daquele ensaio que, para mim, foi como um show, mas não me escapava a intuição de que alguma coisa eles estavam armando. Dito e feito! Quando cheguei estavam todos com suas namoradas e, para minha surpresa, Helena. Não é possível! Tinha uma lembrança confusa sobre meus últimos encontros com ela. Só agora me surge tudo isso. Como eu poderia esquecer daquela surpresa na casa do Beto?

Fiquei totalmente constrangido na frente de todos e não imaginava como eles tinham conseguido encontrar a Helena. Eles sabiam da minha fixação por ela, mas não tinham o menor contato. Pude, na hora, imaginar um deles ao telefone:

– Oi, Helena?

– É.

– Aqui é o Tito, eu sou guitarrista da banda em que o blá...blá...

Que vergonha! Os caras realmente eram capazes de armar muito mais do que aquilo.

Continuei um pouco constrangido até entrar no estúdio de ensaio e tocar alguns acordes para ela. Helena ficou fascinada. Não lembro se o que eu tocava era digno de algum fascínio, mas tenho certeza da reação nos olhos dela. Como eu pude esquecer de tudo isso? Agora posso até ver cada detalhe da sua expressão. Ficamos lá até tarde e eles não insistiram para que eu continuasse na banda. Conversamos sobre o que seria melhor para mim como músico e o quanto eles estariam dispostos a me ajudar, oferecendo shows de abertura e projetando algumas participações especiais. Ficamos um bom tempo relembrando de algumas piadas que ouvi na estrada e assim que o primeiro capotou na sala, totalmente embriagado, saí pelo portão abraçado com a Helena em direção ao fim do mundo.

XXIX

Elas estão colocando as coisas para dentro do carro. Posso ver aqui do pátio e aposto que não demoram mais do que meia hora para estarem na RS-040 com destino a Porto Alegre. Escuto uma voz ensurdecedora, mas não quero ouvir o que ela me fala. Desde que acordei da noite passada sinto tudo diferente. Uma angústia que me penetra a alma veio me visitar assim que cheguei daquele jantar ao fogo de chão. Acho melhor não me despedir da Jordana e da Cássia. A Jordana está vindo para cá. Vou entrar e fechar tudo.

– Ô de casa!! – grita Jordana em frente ao muro.

Ainda bem que consegui entrar a tempo para que ela não desconfie de nada e pense que eu estou passeando na praia atrás de alguma gaivota perdida. Pss!! Preciso escutar o que elas estão falando...

– Acho que ele não está, deve ter ido passear na praia – disse Jordana.

Psss!! Vou ficar bem quieto até que o carro se afaste o suficiente...

Acho que agora já estão bem longe, posso sair e respirar sozinho todo este ar do litoral. Tem alguma coisa no chão em frente à porta...

"Oi,
Não te encontramos para dizer tchau e agradecer por tudo.
Espero que encontre o que procura.
Normalmente estas coisas costumam estar mais perto do que a gente imagina.
Um superbeijo,
Jô e Cássia."

Vou rasgar em mil pedaços este bilhete sem nexo. Quem elas pensam que são? Elas acham que eu me apaixonei por elas e que preciso dos seus conselhos? Isso tudo só aumenta esta angústia que, em vez de diminuir, se intensificou tanto neste últimos dois dias. Vou correr na praia, faz muito tempo que eu não corro. Os exercícios ajudam a diminuir o volume destas vozes que me importunam cada vez mais.

Já estou quase na altura do Clube de Pesca, vou seguir além. A favor do vento, minhas passadas ficam mais leves. Agora estou quase em Magistério, a próxima praia depois do Pinhal. Correndo, o volume da voz diminui de intensidade e assim posso escutá-la com mais clareza nessa corrida sem fim. Já é hora de voltar e agora, com o vento contra, vai ser muito mais difícil. A cada passada nova, minhas pernas pesam mais e mais. Não sei se consigo chegar nesse ritmo. Vou diminuir. O vento está mais forte e eu, mais fraco. Estou quase caminhando, o que é pior, pois ficarei mais tempo nesse martírio. O que enfim estou buscando aqui neste fim de mundo que tanto representa para minha vida? Algo que me liberte de uma vez por todas, que me faça parar de fugir desta voz. Daqui já vejo o Clube de Pesca. Agora já está mais perto. Normalmente tenho a impressão de que o clube fica bem distante, mas depois de toda esta corrida, parece estar do lado de casa. Finalmente posso ver o telhado da garagem e, com passadas arrastadas, cruzo a vegetação rasteira que divide a areia batida da praia das casas da quadra vinte e sete.

Vou tomar um banho e voltar para Porto Alegre. Acho que já fiquei tempo suficiente nesta praia deserta para ter certeza que a Helena não volta mais e que já estou pronto para voltar pra casa. O sol já está por trás das dunas e faz um entardecer lindo, apesar da minha cegueira quanto a tudo que possa representar alívio. Preciso fechar toda casa sem esquecer dos registros de água e de luz. Vou colocar minhas coisas no porta-malas do carro, enquanto o vapor da água esquenta a pequena peça de banho. A água está quente, apesar do chuveiro ser elétrico. Como na época em que brincávamos até tarde, vou deixar que a água escorra lentamente pelo meu corpo arrepiado. Sei que estou lavando mais do que apenas a areia salgada que, com o vento, depositou-se em cada centímetro do meu corpo. Estou lavando uma parte da minha vida que começa a ressurgir em cada gesto dessa volta pra casa.

A noite chegou e não escuto mais as vozes que me ensurdeciam pela manhã. Já faz quinze minutos que deixei a "casa-garagem" rumo a Porto Alegre. A estrada escura com os faróis em direção contrária serve de calmante para um eu há pouco tão descontrolado. Já começo a entender tudo, o sonho, a história, a viagem. Existem muitos mecanismos de defesa para administrar um acontecimento indesejado, e o mais comum deles, base para os demais, é mesmo a negação através do esquecimento. A angústia é normal. Quem não é vítima da angústia? A angústia está presente em nós desde o princípio, aquele momento em que deixamos de ser dois corpos em uma pessoa só e nascemos para a busca da outra metade que aos poucos se distancia desde a hora do parto. A individualidade também é razão de angústia. Voamos como as gaivotas da praia num voo cego rumo à nossa identidade para descobrirmos que não existe nada além de uma construção subjetiva do que somos. Cada carro que passa, nesta estrada de mão dupla, tem uma vida ou mais.

Já estou na altura de Viamão e daqui vejo as luzes da cidade, que encantam por sua imponência. Agora só preciso percorrer mais algumas quadras para que possa entrar no apartamento de onde saí desesperado. A chave está no porta-luvas e não olho para ela desde que cheguei no Pinhal não sei quanto tempo atrás. Preciso acionar o controle do portão da garagem, que abre lentamente e, pela inclinação, me dá passagem antes mesmo que esteja totalmente aberto.

Agora vem a parte mais difícil, já subi as escadas e estou parado em frente à porta. Não tenho coragem de abri-la de pronto. Preciso de um tempo para acreditar que tomei mesmo a decisão de voltar. Não vou contar carneirinhos nem anunciar a minha entrada numa espécie de incentivo para mim mesmo. Vou escolher o momento mais inesperado e abrir a porta num gesto só. É agora...

No teto estão os adornos e nas estantes os porta-retratos. Fotos de todas as épocas. Do início, na praia do Pinhal, até o fim, poucos dias antes do acidente. As fotos do casamento, num clube da zona sul de Porto Alegre, e as roupas ainda nos armários. Vou sentar lá na varanda pra ver se a voz que me atormenta não está mais calma e resolve conversar numa boa comigo. Acho que já era tempo de voltar. Meu olhar está parado em direção ao norte. Em seu reflexo estão os mesmos vazios que me cercavam nas areias do Pinhal. Escuto uma voz que vem do quarto como se estivesse realmente ali e aos poucos adormeço, sem mais reencontrar Helena.

Agradecimentos: Dionísio Ferme, Ivan Pinheiro Machado, Fernando Peters, Dália, Luciano e Adriano Leindecker, Iremar Pereira, IEL, Álvaro e Aline Duarte, Felipe Luciow, Pedro Paulo, Ingra Liberato e a todos que me acompanham e incentivam.

IMPRESSÃO:

GRÁFICA EDITORA Pallotti
IMAGEM DE QUALIDADE

Santa Maria - RS - Fone/Fax: (55) 3220.4500
www.pallotti.com.br